自称平凡な魔法使いのおしごと事情

カナデ（相原《あいはら》 奏《かなで》）
転生後、魔法使いとなる。
お菓子への探求に命を懸ける。
私の魔力レベルは全然、普通だよ！
※普通ではありません
カナデはさすが、儂の孫じゃ！
タナカ
神獣の長ユニコーン。
人化できる。
カナデはえらいですよ。ご褒美をあげますね
ポルネリウス
伝説の魔法使いと称えられる。
カナデを規格外にした張本人。
マティアス
〝空の国〟の第五王子。
我儘・俺様・マティアス。
カナデ、一生俺の傍にいればいいんだ！

カナデちゃん、アイル。年齢のこと話したら爆散させるわよ♡
ティッタ（ティターニア）妖精族の女王。
カナデ、お菓子の食べ過ぎよ
アイル 水を司る魔素竜。精神が幼く攻撃的な一面も。
カナデ、馬鹿にすんなよ。姉貴は若作りし過ぎ
ロアナ・キャンベル カナデの親友 兼 お世話係。家事万能。交渉上手。守銭奴令嬢。
カナデさん、情報と一緒にお菓子はどうですか？
ガブリエラ 〝風の国〟の侯爵令嬢。お菓子作りが得意な腹黒い先輩。
登場人物紹介

自称平凡な魔法使いのおしごと事情

CONTENTS

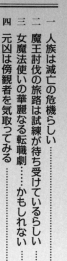

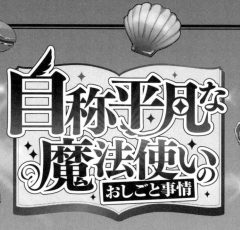

魔王討伐編

一・人族は滅亡の危機らしい

人族領のほぼ中心にある空の国。魔法技術の進んだ豊かなこの国は、物々しい空気に包まれていた。人が集まる王都も、街中には人っ子ひとり見つからない。

それもそのはず。今、この空の国に残虐非道な魔王がいつ来てもおかしくない状況に陥《おちい》っているからだ。魔王は人族の国を既に十五も滅ぼしている。

次は空の国かもしれないと、人々は家に閉じこもり、愛する家族や恋人と身を寄せ合って、恐怖に震えた。

……だがしかし、そんな時でさえ仕事させられている者は存在する。


「あー、転職したい。王宮勤めとかマジやってられないよ。福利厚生しっかりしろ」

空の国お抱え宮廷魔術師である私、カナデはやさぐれた顔で大きな溜息を吐《つ》き、机に突っ伏した。

すると、その小さな衝撃で机に積まれていた書類が雪崩を起こし、私は無残に埋もれてしまう。書類の重さ、片付ける時間、それらを考えると私の疲れた心は悲鳴を上げる。

「……うがぁぁあああ、もうやだ！　長時間労働、パワハラ、労働基準法無視、基本的人権はどこいった。最低限度の文化的生活は？　身分制度のクソ野郎！　十五歳の乙女になんたる仕打ち！」

私は勢いよく立ち上がり髪を振り乱すと、向かいの机に座り書類を整理している外務局職員ロアナ・キャンベルが眉を顰《ひそ》めた。

「うるさいわ、カナデ。騒いだって仕事は消えないのよ。ほら、気分転換にお菓子でも食べなさい」

ロアナは私の口にチョコレートを一粒放り込む。

チョコレートは舌の上で甘みと一緒にとろけ、深みのある香りが鼻孔を抜けた。

「……おいしいよぉ」

「幸せそうな顔ね。わたしもお菓子が食べたくなってきたわ」

「だったら、休憩時間に城門近くに新しくできたカフェへ行かない？　ランチもデザートも安くておいしいんだよ！」

「いいわね……と、平時なら言いたかったけれど……その店なら魔王の影響ですぐに潰れたわよ。カフェや酒場だけじゃなく、食料品店も営業していないわ。王宮の備蓄もいつまで持つかどうか」

「……現実が辛すぎる」

おいしいものをゆったりと食べることも、仕事の愚痴《ぐち》を言う場所もないなんて……私は泣きたくなった。ストレスで押しつぶされそうだ。

「ちなみに、今食べているチョコレートが、カナデの備蓄していたお菓子の最後の一つよ。魔王との戦争で他国との貿易もできないし、輸送ルートも滅茶苦茶。作物も略奪か徴収されているでしょうし、もうお菓子を買うのは難しいわね」

「チョコレート一粒が最後の晩餐《ばんさん》だと⁉　くそっ、魔王め！　私よりも早く世界征服をしやがって……」

私がガンッと勢いよく机を叩くと、ロアナが深く溜息を吐いた。

「何よ、カナデ。そんな物騒なこと考えていたの？」

「私は、お菓子でこの世界をいっぱいにするために生まれてきたんだよ！　お菓子こそがすべて！　キャンディー、チョコレート、ケーキ、クッキー、マドレーヌ、フィナンシェ、クレープ、プリン、ゼリーにその他諸々、私はお菓子を愛しているの。人族を――いいや、全種族をお菓子依存症にしたいぐらいに！」

「恐怖のお菓子大魔王ね。カナデらしいわ。昔から変わっていない」

ロアナはくすりと笑うと、私に分厚い書類を渡した。

「財務管理の書類を回されても困るんだけどなぁ。専門外だし。……ああ、大魔王になりたい。このままじゃ、野望を達成する前に過労死しちゃう。誰か癒やしをください」

私は顔を顰めると、書類を机の下に投げた。

「確かに、人手不足だからって、わたしたちがなんで三つの部署の仕事をしなくてはいけないのって感じだわ」

「私たちは下っ端《ぱ》だから小間使いには最適なんでしょ。大人はみんな汚いよー、どす黒いよー」

私が机に顔を突っ伏《つぷ》して言うと、向かいのロアナが舌打ちした。

「貧乏貴族だからって足元見やがって。残業代はきっちり付くのでしょうね。むしろ、臨時報酬があってもいいくらいだわ。もう信じられるのはお金だけよ！」

「荒《すさ》んでいるね。花盛りの乙女の言葉とは思えないよ」

「何を言っているのよ。わたしたちは、もう一か月以上も寮に帰らせてもらっていないよ。キッチンにカビがっ！　誰が掃除すると思っているのよぉぉおお！」

「ロアナ、顔が怖い」

ロアナの身分は子爵令嬢だが、貧乏貴族のため魔王が現れても実家に帰るお金もなく、他の逃げ出した貴族たちとは違い、生活費を稼ぐために王宮で働き続けていた。

そんな彼女と私は、身分を越えた学生時代からの親友。今も昔も苦楽を共にしているのである。

「わたしの顔が怖いですって？　カナデも自分の顔を見てみなさいよ」

ロアナは手鏡を取り出すと、それを私に押しつけた。

鏡に映る前世から合計して三十二年間慣れ親しんだ平凡顔は、血色が悪くやつれており、酷い隈《くま》ができている。黒い瞳も生気はない。容姿の中で唯一自信のある背中まで伸びた黒髪は、絡みまくっていて指通りが悪く、枝毛も何本か見つけてしまった。服だって乱れている。

「……これは酷いね。化粧をしていないとか、それ以前の顔だよ。今にも死にそう。許すまじ、クソ上司共。皺《しわ》寄せはいつだって、下っ端にくるんだよ！」

「王宮に残って働いている人たちは、王族以外同じような顔よね。人族が滅ぶかもしれない時に、仕事なんて、わたしたちは何をやっているのかしら。まあ、誰かが頑張らないとこの国なんてすぐに滅ぼされてしまうのだけど」

ロアナはボサボサになった紫髪をかき上げる。

「ねえ、カナデ。わたしたち、いつお風呂に入ったのかしら」

「悲しいけど、もう忘れたよ」

激務のため、乙女の尊厳など、気にする余裕もなかったのである。

「……クーデターって、いくらで起こせるのかしらね。逃亡した上司たちの給料を合わせれば、できるかしら?」

「通常だったら問題発言だけど、今だけは応援したい。ここには、私たちしかいないし。王宮が爆破でもされれば、とりあえず仕事しなくていいよね!」

「それいいわね! お金があまりかからないところが最高だわ」

「あはははははははははは」

不眠不休で働いている私たちの思考回路は滅茶滅茶になっていた。

だがそれを止める人もいない。私たちは魔王軍防衛の政策案を書き殴りながら、不穏な笑い声を上げる。そして同時に机にビタンッと音を立てて突っ伏した。

「……有給消化させなさいよぉ……どうせなら仕事ではなくて、お金に埋もれて死にたいわ……」

「……ベッドでゴロゴロしながら、死ぬほどお菓子食べたい……ブラック企業ってレベルじゃねぇ」

じめじめとした呻《うめ》き声を上げるが、私とロアナは仕事を再開する。

しかしストレスに耐えかねた私は拳《こぶし》を握り、怒りで身体を震わせ、仕事部屋の窓を全開にした。

そして大きく息を吸うと、しんと静まった王宮全体に魂の叫びを響かせる。

「平民なめんなよぉぉおお！」

そう、私ことカナデの身分はこの国の底辺。王侯貴族に虐《しいた》げられ、搾り取られ、国が傾けば真っ先に被害に遭う平民である。

宮廷魔術師なんて、響きだけは偉そうな職業についているが、私は下っ端の下っ端のため、雑用ばかりやらされていた。

魔王が人族領の征服を始めてからは、臆病な貴族たちは真っ先に狙われるだろう王宮から逃げ出した。そして、ごく一部のまともな貴族たちと、ロアナのような貧乏貴族、そして逃げることの許されなかった平民たちが必死に仕事をしている状況なのである。

（……ブラック企業には、前世の記憶とか持っていてもクソの役にも立たないよ）

心の中で毒づいていると、貴族令嬢らしからぬ顔でロアナが舌打ちをした。

「うるさい、カナデ。叫ぶ体力があるのなら、手を動かしなさいよ。仕事をしないと、上のイライラの捌《は》け口に、理不尽な厳罰を下されるわよ」

「はい、ごめんなさい」

長年の付き合いから彼女に逆らってはいけないと理解している私は、素直に頷《うなず》いて、机の下に投げた書類を拾った。

「あぁ、気ままなスローライフを送りたいな～。仕事辞めたいなぁ～」

「辞めさせてくれるかしらね。深刻な人手不足だもの。王族も許さないと思うわ」

「……辞める自由もないとか、終わっているよ」

「というか、人族が終わる寸前だけど。まあ、何かすごい功績でも残すか、とんでもない失態をやらかせば辞められるかもしれないわね」

ロアナは物凄《ものすご》い筆圧で文字を書きながら、適当に言った。

――コンコン

私が書類をすべて拾い上げると、仕事部屋に弱々しいノック音が響く。

扉から現れたのは、よくお世話になっている下級侍女さんだった。彼女の顔には隠しきれない疲労の色が見て取れる。お互いに大変ですね、とアイコンタクトを交わす。

「カナデさん、国王陛下がお呼びです」

「うげぇっ、承知しました。……次はどんな無茶ぶりかな。魔法で溜まりに溜まった洗濯物を洗えとかは、もう勘弁して欲しいんだけど……」

「こっちの仕事はやっておくから、頑張ってきなさい。便利屋さん」

「宮廷魔術師だってば！　……下っ端だけど」

私が複雑な顔をしていると、ロアナがヒラヒラと手を振った。

フラフラになりながらも侍女さんの後について行くと、何故《なぜ》か国王の私室に案内された。

中に入るとバターの芳《かぐわ》しい香りが、私の鼻腔をくすぐる。匂いの元へ顔を向ければ、国王が優雅な所作でフルーツタルトを食べていた。

(何だろう、この胸の奥のモヤモヤした感情。これって…………殺意以外のなにものでもないよね？)

国王の目の下には、苛烈な労働に苦しんでいる役人たちのような隈はない。

お肌はオッサンのくせにプルップル。顔色も良好。むしろ前よりも太ったのではないだろうか。

(……くっ、これが選ばれし者の力か！)

半ば本気で睨《にら》んでいると、国王は何を勘違いしたのか、フルーツタルトをのせた皿を私に見せつけた。

「来たか、カナデ。其方《そなた》も食べるか？」

「いただきますでございます！　さすが、陛下は太っ腹ですね。よっ、空の国一の美中年！」

私は適当に国王を褒めちぎると、フルーツタルトをのせた皿を奪い取った。

そして丁重にフォークで切り分け、フルーツタルトを存分に堪能する。

「んー！　頬が落ちそうなぐらいおいしい～」

「頬が落ちる⁉　よもや、毒が混入しているのか！」

「少し黙ってくれませんか？　フルーツタルトが不味《まず》くなります」

「す、すまん」

私の態度は無礼ではあるが、これは国王とふたりきりだからだ。公の場では、今の私の態度は許されない。国王たっての希望で、ふたりの時は私に崩した態度を取って欲しいらしい。

なんでも、『伝説の魔法使い』に返しきれない恩があり、その孫である私と仲良くしたいのだとか。それこそ、実の娘のように。……とは言っても、国王を真っ向から侮辱《ぶじょく》したり、命令を拒否することはできない。元重役の孫だから少し気にかけているという程度だろう。結局のところ、赤の他人である。

「サクサク、とろとろ、あまい、すっぱい、ハジけるうまさ！」

「……それは本当にうまいのか？」

私はうるさい国王を無視して、甘く幸せな世界に再び浸る。

久しぶりに食べたフルーツタルトはおいしかった。

さすがは王宮菓子職人の作った一品。カスタードとタルト生地、そしてフルーツの酸味が絶妙なバランスだ。見た目も素晴らしく、フルーツは艶《つや》めくゼラチンで丁寧にコーティングされていて、光があたるたびに、キラキラと宝石のように輝いた。目でも、舌でも味わえるまさに至高の一品。後でこのタルトを作った王宮菓子職人にお礼を言おうと、私は固く心に誓った。

「それで、お話とはなんでしょう？」

上品に口元をナプキンで拭き、国王へ呼び出しの理由を問いかける。

「た、食べていいとは言ったが、ワンホールの内の七割を食べるとは思わなんだ」

「お話とはなんでしょう？」

オッサンの長話に付き合っている時間はない。仕事部屋には、大量の書類仕事が待っているんだから。

国王はモジモジと膝を擦り合わせると、私を上目遣いで見た。

「……その、な。魔王宣言のことは知っておるだろう?」

「ええ。知らない人族はいないでしょうね」

——魔王宣言。

それは二か月ほど前に突然、魔王と名乗る魔族が人族領中に公布した宣言のことだ。簡単に言うと、『人族領を征服し蹂躙《じゅうりん》するから覚悟しておけよ。話し合い? そんなことするかよ、バーカ! 恐怖に震え、死ぬのを待っていろ、虫けら共!』というものである。実に魔王らしい魔王だ。

魔王軍は宣言通りに人族領へと侵攻し、おかげで人族は存亡の危機、ついでに私は過労死寸前なのだ。

「実はな、魔王軍の参謀が陽帝国の元宰相だったらしい」

「え? つまり魔王は、その元宰相に唆《そそのか》されて人族の国を次々と滅ぼしているんですか? それって、色々やばいですよね」

「その通り。当の帝国は魔王軍の支配下にはあるが、此度《こたび》の侵攻が元宰相という人族主導である、という事実は変わらん。他の人族の国々も、魔族が完全に悪であると被害者面《づら》することは敵わなくなった」

(魔王を操る参謀……影の魔王みたいな? うわぁ、中学生男子が喜びそうな痛々しい設定だね)

私がぼうっと考えごとをしていたら、国王がゴホンと咳払いした。

「それで、だ。人族の国々も漸《よう》く協調態勢を取ることになってな。魔王を打ち倒すために各国の精鋭が集められることになった」

「へぇー、うちの国からは誰が行くんですか？」

「マティアスだ」

名前を聞いた瞬間、私は思わず眉根を寄せてしまう。

しかし、すぐに表情を取り繕うと、完璧な営業スマイルを浮かべる。

「第五王子殿下ですか。剣術も魔法も優秀な方ですから、選ばれるのも当然ですね。ご活躍をお祈りいたします」

学生時代の因縁から、私は第五王子が大嫌いだ。しかし、奴に死んでほしいわけじゃない。大変な役目だと思うが、無事に帰ってきて欲しいと本気で思っている。

（…………って沈黙長いな！）

国王を訝《いぶか》しげに見ると、彼は落ち着かない様子で私を見ていた。オッサンがそわそわしても、可愛げの欠片《かけら》もないから、早急に止めてもらいたい。

「……あの、陛下。お話が終わったのならお暇《いとま》したいのですが」

そう言って私が席を立とうとすると、国王はくわっと目を見開いた。

「待て、話はここからだ。その……魔王討伐にカナデも行ってもらいたいのだ」

「え、平凡な平民の私がですか⁉ 行ったところで邪魔になるだけですよ！」

「そんなことはないぞ！ 実はな、五か国の王すべてから、カナデをぜひ魔王討伐にと推薦がきておる。断るのはちょっとな……国の面子《メンツ》とか、政治の駆け引きとか色々大人の事情がな……」

（ちょっと、五か国の王全員ってなんで⁉ 本当に勘弁してよ。平民の私に王命なんて拒否できないじゃん！）

いつの間にか外堀は埋められ、退路は断たれた。私は必死に思考を巡らせ、一つの仮説に行き当たる。

魔王が現れたことに臆した上役たちが自分の領地に逃げ帰ったため、現在この国の宮廷魔術師は私一人。恐らく魔王討伐パーティーの構成的に魔法使いが必要だったのだろう。

人族の国の中で一番魔法が発達しているのは、この空の国だ。そこから魔法使いを選出するのは至極当然のこと。しかも私は切り捨てても後腐れのない平民。まさに生贄《いけにえ》に最適だ。

（チッ。あのボンクラクソ爺共がいれば、私にこんな面倒な役割回ってこなかったのに。……奴らの残り少ない毛根、根こそぎ死滅すればいいのに……）

「どうした、カナデ。俯《うつむ》いたりして……さすがのお前も応《こた》えたか？　だが、これは五か国の総意で――」

「すみません、陛下。ちょっと心の中で呪詛《じゅそ》を呟いておりました」

「おっおう、さすがは教養深いな。冗談とはいえ、今の時代、呪詛を知らぬ者の方が多かろう。……して、どんなものを？」

「老害共の毛根を根絶させる呪詛でございます」

呪いなんて専門外だから、本当にかけている訳じゃない。でも、何事も挑戦する心意気が大切だと思う。

「なんと凶悪な……だがカナデなら、呪詛すらも操れる気がしてならん。余《よ》にはかけるでないぞ？　一生のお願いだ！　最近、抜け毛が多くなっているから、冗談では済まされんのだ」

国王は頭を両手で押さえて涙目で訴えていた。

（王族の言葉は重いと言われているのに、ここで私なんかに対して一生のお願いとか使っていいの？　まあ、冗談だよね）

平民の私に国王がお願いすることなんて無いだろう。だから私も冗談で返すことにした。

「そんなことしませんよ、陛下。内心はどうであれ、王族に立てついたりしませんから……たぶん、ね」

「絶対だぞ！　余との約束だからな。……それで、カナデ。悪いが空の国の代表として、魔王討伐に行ってくれるか？」

「えーと。どうしても行かなくてはいけないでしょうか？」

正直に言って、私が魔王討伐で何かできるとは思えない。だからやんわりと拒絶の意思を示す。

だが鈍感な国王には何も響かなかったらしく、両手を胸の前で組み、無垢《むく》な少女が祈るように私を見る。

「お願いだ、カナデ」

（ハゲろ！　このクソ爺！）

私は内心で口汚く罵《ののし》った。

ただの平民が国王にここまで言われたら、とてもじゃないが断ることなんてできない。私は拒否することを諦め、自分のモチベーションを上げるべく、魔王討伐へ行くメリットを必死に捻《ひね》り出す。

（魔王討伐に行くってことは、出張扱いになるのかな。それとも転勤？　出向？　なんにせよ、書類仕事はしなくていいんだよね。……とりあえず、激務から解放されるじゃん！）

今の酷い労働地獄から解放されるなら、魔王ぶっ潰すぐらい、なんてことないように感じた。完全に激務で感覚狂っている。

「私の仕事の代わりは誰かがしてくれるんですよね？」

「もちろんだとも」

「外務局のロアナ・キャンベルと臨時のチームを組んで仕事をしているのですが、彼女の役に立つような人を私の代わりに派遣してください」

私はテーブルに手をつき、国王に詰め寄った。

「王太子の部下を派遣しよう。さらに、帰還の暁《あかつき》には褒美を用意する」

国王は満足そうに首を縦に振った。

恐れ多いが、王太子の部下であれば、私よりも事務仕事ができるはずだ。これで私がいなくても、ロアナが困ることはない。

「魔王討伐の任、お引き受けします」

「其方の武功を楽しみにしておるぞ」

こうして意気揚々と私は魔王討伐のパーティーメンバーが集まる光の国に旅立った――


光の国の王宮で魔王討伐パーティーの顔合わせが行われることになった。

これは親睦を深める食事会も兼ねていて、煌《きら》びやかなホールではなく、王宮内の一室で行われた。

人類存亡の危機でお金と時間をかける余裕がないのだろう。まあ、人族領は絶賛自粛ムードだし。

「しっかし、物々しい空気だねー」

室内にはパーティーメンバーであろう人たちと、光の国の王様と宰相、それに国の重鎮《じゅうちん》であろう貴族のおじ様たち、それに給仕の者がいた。

私は見栄とか権力とか一切興味ないので、お偉いさんたちなど視界から消して、一直線に飲食スペースを見つめる。

立ちのぼる湯気に、芳しい香り。並べられた食事がおいしそうで内心ウハウハである。

あんなに温かく、手の込んだ料理なんて、魔王が現れてからご無沙汰だ。

（卑しい平民とか言われるのが嫌だから顔には出さないけど、早くローストビーフっぽいの食べたい！　むっちゃ食べたい！）

はやる私の心とは裏腹に、老齢である光の王のご挨拶が始まった。

「此度の招集に応じてくれたこと、光の国の王として感謝申し上げる。二か月前の魔王宣言により人族領は……いや、世界は未曽有《みぞう》の危機じゃ。皆が知っている通り光・空・雪・大地・風の国以外はすでに魔王軍が蹂躙しておる。力を合わせ、魔王を打倒せねば我ら人族が生き残る術《すべ》はないだろう。故《ゆえ》に——」

（おじいちゃん王の話、長すぎ。料理が冷めちゃうじゃん！）

日本も異世界も、偉い人の話が長いのは共通のようだ。

「陛下、そろそろ本題に……」

そわそわしている私の思いに応えるように、光の王の傍《そば》に控えていた宰相が声をかけた。

（ナイスアシスト！　ぜひともそのまま、フリータイムにシフトして）

「ん？　そうじゃな。これから命を預ける仲間じゃ。知っている顔もいるだろうが、魔王討伐メンバーは自己紹介をしてくれるかの」

光の王が言うと、意気揚々と十歳ぐらいの美少女が前に出た。

「妾《わらわ》は光の国の聖女シルヴィア。よろしく頼むぞ」

「……あれが三百年の時を生きる合法ロリか……」

私は誰にも聞こえないような小さな声で呟いた。

人族はこの世界では、脆弱《ぜいじゃく》な生き物だ。寿命は平均で約六十歳。だが、一握りの強者《つわもの》は肉体の寿命を操ることができる。そこまで聞くと不老不死も夢ではないように思えるが、そうではない。人族は精神の寿命まで延ばすことはできないため、頑張っても百八十歳ぐらいで死んでしまう。

聖女の噂は空の国でも有名だ。なんでも、精霊と同化し、身体と精神の時間を止めるという力業で、三百年も生きているらしい。

（格好良く言えば、最古の人族。日本人的に言えば合法ロリなのだ！）

アイドルに会ったように私が浮き足立って聖女を見ていると、彼女は鼻息を荒くさせて、若い男を血走った目で見つめている。……あれは間違いない、女の――狩人の目だ。

（……ああいう、お局様が一番厄介なんだよね。彼女と一緒に仕事をするのか……ライバルだって勘違いされたら嫌だから、私は聖女になるべく近づかないようにしよう）

堅く心に誓っていると、十代半ばの小麦色の髪の少年が、おずおずと手を上げた。

彼の顔立ちは絶世の美男子という訳ではない。クラスで三番目にかっこいい男子といった感じだろうか。

「ぼ、ボクの名前はアルトです。光の国出身です。よろしくお願いしましゅっ」

(盛大に噛んだね……)

この少年、どうやら場馴れしていないようだ。立ち居振る舞いから貴族にも見えない。いったい何者だろうか?

そんな私の疑問に答えるように、聖女はしゅたたたっと走り、少年の腕に飛びついた。

「アルトは聖剣を抜いた勇者なのじゃっ。将来有望なのだぞ……げへへ」

聖女の目はギラギラしていて、獲物を離すまいと爪を立てて勇者の身体に巻き付いている。もはや勇者は狩られた後のようだ。

(関わったら最後だ。絶対に碌《ろく》なことにならない。馬に蹴られるのは御免だし、勇者にも近づかないようにしよう。それがいい)

私が色々な意味で怯えているうちに、次のパーティーメンバーが前に出た。

淡い水色の髪に赤い目の二十代前後の女性で、憎らしいぐらいにスタイルがいい。もちろん顔立ちも美しく、さらには妖艶さも纏《まと》っていた。女性も男性も憧れる美貌だ。

「雪の国から馳《は》せ参じました。魔物使いの第二王女フローラですわ。よろしくお願いいたします」

誰もがフローラの一挙手一投足から目が離せない。人々を魅了する姿は、さすが生粋《きっすい》の王女様といったところだろうか。

(ちょっぴり怖そうだけど、フローラ王女は勇者と聖女よりはまともかな)

ふと王女の腰に提げられている物に目が吸い寄せられる。

……それは鞭だった。

しかもただの鞭じゃない。きちんと手入れされているのか、美しい光沢を放っている。さらに余程使い込まれているのか、鞭の素材である皮がいい味を出していた。

「足手纏いには容赦をしないので、そのつもりでいてくださいませ」

そう自信満々に言うと、フローラはカツンと赤いハイヒールを軽快に鳴らした。

（い、色々な意味で本物の女王様だぁぁあああ！　どうしよう。きっと『平民如《ごと》きが、あたくしと一緒に魔王討伐に向かうですって？　その愚かしい性根をすり潰して差し上げますわ』とか言われて、鞭でぶたれて調教されちゃうんだ……）

私はぷるぷると震えながら、必死に存在感を消す。

「風の国、弓使い。フィートレンテ」

貴族だろうか。身なりのいい細身の青年が名乗り出る。

部屋にいる人々は弓使いの次の言葉を待つが、彼は無表情のまま部屋の隅に向かった。そして私たちに背を向け、部屋に飾られている絵画を鑑賞し始めた。

（……ってそれだけかい！　せめて『よろしくお願いします』ぐらい言おうよ、大人の男なんだからさ。自由だな！）

私は心の中で突っ込む。おそらく、この部屋にいる弓使い以外の人々すべてが同じことを思っただろう。しかし、誰もそれを口に出さず、光の国の宰相の「……つ、次にいきましょうか」という一言で弓使いの自己紹介は終了した。

（……なんか一緒に居たら疲れそうだし、近づかないようにしよう）

「大地の国出身、槍使いのダルカスだ！　国では騎士団長を務めている。俺はこの筋肉に賭けて魔王を必ず滅ぼすと誓おう、この筋肉に賭けてな！　がはは、これからよろしく頼む！」

空気の読めない豪快な笑い声を上げたのは、三十代ぐらいの大柄の男、槍使いのダルカスだった。

彼は自身の筋肉に誇りを持っているのか、『見よ、俺の筋肉！』とばかりに様々なポーズをとっている。

（このひと絶対に脳筋だよ、筋肉至上主義だよ！　暑苦しい、近づきたくねぇぇぇぇ）

パーティーメンバーの中にまともな人族はいないのかと、私がゲンナリしていると、隣に立っていた第五王子が、優雅な足取りで前に出た。

「空の国が第五王子マティアスです。剣しか誇れるものがない若輩者ですが、どうぞよろしくお願いします」

そして第五王子はキラッと爽やかな笑みを浮かべる。

彼のあまりの美しさに、壁際に控えていた侍女たちが一斉に頬を朱に染めた。

（うわぁ、猫かぶり王子に惚れるなんてご愁傷様。謙虚なふりをしているけど、奴の本性は、我《わが》儘《まま》・俺様・マティアス様だよ。やだやだ、私の人生が続く限り近づきたくないって思っているのに、なんで一緒になることが多いのかな）

鳥肌が立った腕を擦っていると、第五王子が横目で睨んできた。

（ああ、はいはい。自己紹介ですねー、分かっていますよー）

私は控えめに一歩踏み出し、深く頭を下げる。

「同じく空の国から派遣されました、カナデです。末席ですが、宮廷魔術師に名を連ねております。平民の身の上ですが、皆様のご迷惑にならないように精一杯頑張ります。どうぞ、よろしくお願いします」

そう言って私は微笑んだ。

（うん、我ながら普通な自己紹介。悪目立ちはしてないよね……ってなんか光の国の宰相と王様がコソコソ話しているんですけど！　周りもなんか騒がしいし、第五王子も憎しみのこもった目でこっちを見ているんですけど⁉　……みんな私が平民だから馬鹿にしているの？　へ、平民の雑草根性舐めるなよ！）

怯えた私は、そっと第五王子の後ろに隠れた。

「それでは皆様、親睦を兼ねて食事をお楽しみください」

散々な自己紹介だったが、宰相の言葉により、予定通り宴《うたげ》が始まった。

私は第五王子の陰から飛び出すと、食事の並べられたテーブルへと突撃する。パーティーメンバーを含めた身分ある人たちは、歓談スペースでアルコール片手に話をしていた。所謂《いわゆる》社交というものだろう、実に面倒くさそうだ。

私を話のタネに盛り上がっているのだろう、不躾《ぶしつけ》な視線を向けてくる人が多い。

しかし、そんなことを気にしても仕方ない。空の国の王宮でもよくあることだ。私は平民だから仕事に関係ない社交をする必要はない。ならば、その立場を存分に楽しもうじゃないか。

（せっかくの宮廷料理だもん。胃袋に詰め込むだけ、詰め込んでやる！　めざせ、全品制覇！）

私は眉を顰められない程度に皿へ料理を盛った。

そしてローストビーフっぽい物を口に運ぶ。しっかりとした弾力のあるジューシーな魔物肉に、柑橘系《かんきつけい》の爽やかな香りのソースが絡み、思った通りおいしい。

食事中の歓談はご法度で、話しかけることすらマナー違反に当たる。だから、意地悪な貴族に絡まれることもなく、私は料理を楽しむことができた。

（それにしても、あのパーティーメンバーと明日、魔王討伐の仕事に向かうんだよね。……煩《わずら》わしいことを考えるのは止めよう。こんなにおいしい料理を食べられるのは今日で最後かもしれない。だから今はこのおいしい料理を全力で楽しむのだ！）

私がデザートまでしっかりと楽しんだころには朝日が昇っていた。私は誰とも歓談をすることなく、無事に苦手な宴を乗り切ったのだ。小さな達成感を抱きながら、私たちは魔王討伐に出立した。

二・魔王討伐の旅路は試練が待ち受けているらしい

――激務から解放される！　と思っていた時期が私にもありました。

「勇者ぁ、あんな地味顔の黒魔女なんて放っておいて、妾《わらわ》と結婚しようぞ！　既成事実大歓迎じゃ。むしろ妾は推奨する！」

「え……いや、シルヴィア……女の子が気軽に結婚とか、既成事実とか言っちゃだめだと思うな。

そ、そうだよね、カナデ?」

聖女はおどおどした勇者に抱きつきながら、私を射殺さんばかりに睨み付ける。

私はそっと彼らから目を離し、聞こえていないふりをした。すると、フローラと第五王子が怒りで鼻息を荒くしながら私の元へ来た。

「あたくしの国の方が美しいですわ。文化も教養も他国に追随を許しません。そうは思わなくて?カナデ」

「氷ばかりの資源のない国が何を言う。豊かな資源と卓越した魔法技術を持つ我が国の方が優れているに決まっている。そうだろう、カナデ」

フローラと第五王子が同時に私を見た。

しかしお互いの言葉に納得できなかったのか、またすぐに子どものような言い争いを始める。

「ふんっ、資源も魔法技術も自力で手に入れた物ではないでしょうに」

「なんだと……我が国を愚弄《ぐろう》するのか!」

「あら、怖い。あたくしは、事実を言ったまでですわ」

フローラと第五王子の争う声からそっと離れると、私はほっと息を吐く。

それもつかの間。背後で地を這いずるような荒い息遣いが聞こえた。

「俺の筋肉たちよ……今日はどんな風に虐めて欲しいんだ? 遠慮なく言ってみろ」

「ひぃっ」

恐る恐る目を向ければ、槍使いが逆立ちをして腕立て伏せをしている。満面の笑みで汗を滝のように流している姿は、えもいわれぬ恐怖を感じた。

（木じゃなかったの⁉　不気味すぎ、新手のホラージャンルかよ！）

私は慌てて茂みに隠れるが、今度はいい年をした男が、腰に手を当ててスキップをしているのを発見してしまう。

「あははー、あははー、蝶々よ待つのだ、あははー」

（もう、なんなのこの状況は！）

私は何もかも放り出して泣いてしまいたい気分だった。

魔王討伐パーティーメンバーと行動を始めて早十日目。気の弱い勇者は何かと同じ平民出身である私に縋《すが》ってくるし、それを見た肉食系ビッチの聖女は私をあの手この手で罵り、こっそりと私の食事に土を混ぜるなどの危害を加えてくる。

（私、勇者なんてこれっぽっちも興味がないのに……！）

さらにパーティーの問題はそれだけではない。フローラと第五王子は自国自慢をしてはどうでもいい喧嘩に発展して私を巻き込んでうるさい。槍使いは筋肉と語り合い始めて、時には私にちんぷんかんぷんな筋肉論を説いてくるし、弓使いは幼児よりも手のかかる自由人だし……。

（もう嫌だよ……ストレスで禿げそうだよ。お願いだから、最低限度の社会人の振るまいをして！今は仕事中だ！）

内心で叫ぶが、やはりただの平民でしかない私の願いを叶えてくれる者はいない。お伽噺《とぎばなし》のような王子様は、私みたいな脇役気質な人族の前には現れないのだ。

「……こんな無法地帯になっているのは、くだらない国同士の面子のせいだよ。アホらしい。これだから権力者は」

一応このパーティーのリーダーは勇者だ。

フローラと第五王子がリーダーでは、どちらの国が上位であるかを示すことになるとかで角が立つし、聖女と槍使いと弓使いじゃ王族のいるパーティーでリーダーをやるには力不足。なので、伝説の聖剣を抜いたという勇者——単に押しつけやすそうな選ばれた平民——に白羽の矢が立った。

(私はもちろん最初から除外されていたさ！　ただの平民魔法使いでしかないし、空の国出身は第五王子もいるしね)

リーダーじゃないのは良かったのだけれど、如何《いかん》せんヘタレな勇者にこの協調性のないメンバーをまとめるのは無理だった。故にこの状況。人間関係最悪で離職率の高い職場に放り込まれたようなものだ。

(私が一番、協調性があるってどういうことだい！　個性強すぎだろ、魔王討伐パーティー)

今、私たちは魔王軍の本拠地である魔王城に向かっている。

魔王城は、人族国最大の国だった陽帝国の王宮だ。本当は転移魔法でさくっと向かいたいのだが、私の転移魔法は一度訪れた場所以外には使うことができない。そのため、ある程度近づいてからは徒歩で移動していた。

(魔王を訪ねて三千里……しんどい、心も身体も。このままパーティーが個人個人で好き勝手やっていたら、死人が出るかもしれないね)

光の国を出立して十日経ったが、私たちの噂を聞きつけた魔王は、己の配下を幾度も私たちにけしかけてきた。連携の取れてない私たち魔王討伐パーティーだったが、送られてきた敵が小手調べ程度のレベルだったため、今までは連携しなくてもなんとか倒すことができた。

だが、もしも本命の魔族の刺客が今現れたらどうだろう。

きっと、このパーティーでは敵わない。それをこの問題児たちは認識しているのだろうか？

「はぁ……」

私は心労の一部を身体から追い出すように深い溜息を吐く。

宮廷魔術師として働いていた時は確かに激務だったが、僅《わず》かばかりの休憩時間があった。上から嫌な仕事を押しつけられても、愚痴を言い合える友がいた。しかし今は休憩時間がなく、寝ている時ですらアホ共のせいで油断できない状況だ。

（何これ？　王宮で書類に囲まれていたほうがマシってどういうこと。私のストレスゲージは臨界点突破だよ！）

絶望のオーラを発しながら呆然と立っていると、勇者がいつものように私の足にまとわりついた。

「か、カナデ！　どうにかして……」

（お前がリーダーだろうが！　いい加減にしろ！）

そう言えたのならどんなにいいか。聖女のお気に入りである勇者に文句を言えば、どんな嫌がらせを受けるか分からない。それに、これ以上パーティーの空気を悪くするのは避けたかった。

（でも、聖女がこっち睨んでいるよ！）

勘違いの嫉妬から、聖女の綺麗な顔が醜く歪んだ。私がおろおろと目を彷徨《さまよ》わせていると、視界の端で自由人の弓使いが、フラフラとまた単独行動をしようとしていた。

私はまとわりつく勇者を引っぺがし、聖女の視線から逃げるように森の奥に入ろうとしていた弓使いの首根っこを捕まえる。

「……もう、夜になるね。今日はここまでかな」

弓使いを勇者のところにぶん投げると、私はお国自慢という名の喧嘩をする似た者同士のふたりに声をかける。

「フローラ王女殿下、第五王子殿下、そろそろ野営の準備をした方がいいかと思います」

私が落ち着いた声音で言うと、第五王子が眉をつり上げた。

「この高慢王女に馬鹿にされたままでいられるか！」

「なんですって？　高慢なのはそっちでしょ！」

（どっちも高慢だよ！）

私はイライラしながらもそれを表に出さず、穏やかに微笑む。

「早くしないと日が落ちてしまいます。今日は英気を養い、明日決着をつけては？」

「ふんっ、まあカナデの言う通りだな。首を洗って待っていろ、脆弱」

「黙りなさい、貧弱」

そう言ってふたりはお互いに離れた場所で野営の準備を始めた。

（本当に協調性がないな！）

私は大きく深呼吸をして覚悟を決めると、今度は筋肉と会話をしながら笑顔で腹筋運動をしている槍使いに近づいた。

「フンッ、フンッ、フフフンッ！　まだ足りないか？　我儘だなっ！」

彼に狂気を感じるのは、気のせいではないだろう。

「……ダルカスさん、筋トレもいいですけど疲労回復のために早めに身体を休めてください」

「ああ、筋肉たちが満足したらすぐに寝る！」

（いや、筋肉たちってなんだよ。気づけ、そいつらに意思はないよ！　全部、お前の妄想三文芝居だよ！）

そう遠くないうちに私は筋肉恐怖症になりそうな気がする。マッチョ、ダメゼッタイ。

そして私の一番のストレス源であるふたりの元に向かった。

「野営の声かけをしてくれて助かったよ、カナデ。ありがとう」

「……いいえ。いつものことですから」

私は短く勇者に答えながらも、内心では腸《はらわた》が煮えくりかえる思いだった。

（何がありがとうだよ！　本来なら、リーダーであるお前の役割だよ。他の奴らに頼み辛いからって私を利用しやがって……労《ねぎら》えばそれでいいとでも思っているの？　お菓子の一つや二つや一千個寄越せや！）

本音をぶちまけられたら、どれだけ気分がいいだろう。

しかし、それはできない。私と勇者は同じ平民という身分であるが、聖女の庇護がある勇者と、同じ国出身の第五王子にすら嫌われている私。どう比べたって私の方が勇者よりも下の立場だ。

「聖女様に勇者も野営の準備をしてください」

「ふんっ、平民風情が妾《わらわ》たちに偉そうな口を利くでない。勇者ぁ、今夜こそは一緒に寝ようぞ。熱い夜を過ごすのじゃ」

（勇者もその平民風情のひとりだよ！　聖剣を抜いたとはいえ、農家の三男だし。勇者には甘ったるい声使いやがって……まるで婚期を逃して必死になるお局様だよ！　見た目は完全に幼女だけどな！）

私は不満を口に出さず、愛想笑いを浮かべる。

本当はここに居る全員に文句を言ってやりたい。だけど私はただの平民。王族や貴族や名誉ある役職の人たちに立てつくことは建設的ではない。

この世界は日本とは違う。身分が絶対だ。平民が王侯貴族に楯突《たてつ》けば、大切な人たちごと簡単に消されてしまう。それにこれは仕事だ。だからグッと現状を我慢する。

私は木の根にひとり横になった。そして現実から目を背けるように目を瞑《つぶ》り、耳を塞《ふさ》ぐのだった

――

夜の闇が深まり、辺りは静寂に包まれる。日頃のストレスのせいか、どうにも寝付けないので、私は野営近くの川に少しだけ散歩に出ることにした。

さらさらと穏やかに流れる川に、地球とは違う紫色の月光が反射する。

その光景は息を呑むほど幻想的で美しく、私の心を落ち着かせるものだった。

「……私、いったい何をやっているんだろう。どうしてここにいるんだっけ……」

思わず涙が零《こぼ》れる。どうやら自分が思っている以上に精神的に参っているらしい。

私はおもむろに、懐《ふところ》からいつも持ち歩いている手帳を取り出した。

手帳には二枚の写真が挟まっている。一つは幼い頃に亡くなった育ての祖父と、この世界にいる〝家族〟との写真。もう一つは魔法学園の学生だった頃に撮った、大切な友人たちとの写真だ。

「……帰り、たい、よぉ……」

写真を胸に抱き込み、声を殺して私は泣いた。

――キュイーン

(誰⁉　襲撃⁉)

頭上で大きな魔力を感じた私はすぐに立ち上がり、臨戦態勢になる。

(これは……転移魔法？　魔族に使える者はいないはず……！)

ジリジリと警戒していると、暗闇に柔らかな光が浮かび上がる。何もないはずの虚空から現れたのは、白銀の毛並みに黄金の角を持つ美しい神獣――ユニコーンだった。

普通は畏怖《いふ》を抱き、魅了されるユニコーンの姿だが、私には懐かしく親しみを感じた。

「タナカさん！」

私はユニコーン――タナカさんに駆け寄った。

「こんばんは、カナデ。夜遅くに訪ねるのは良くないと思いましたが、精霊が騒ぐので来てしまいました。大丈夫ですか？　ちゃんと食事を取っていますか？」

「タナカさん」

鼻水と涙でぐしょぐしょな顔で私はタナカさんに駆け寄り抱きつく。

そんな酷い形相の私を咎《とが》めず、タナカさんは抱擁《ほうよう》を受け入れてくれた。

「可愛い妹にお土産があります」

タナカさんがそう言うと、ラッピングされた小さな箱が虚空から現れた。

「これは？」

「カナデが大好きなショコラですよ。甘いものを食べれば、少しは気分も晴れるでしょう？」

「……食べてもいい？」

涙をぬぐい、タナカさんを見上げる。

「もちろん。カナデのために持って来たのだから」

キュンッと私の胸の奥がときめく。

（タナカさん、マジ紳士！　もう、二足歩行なら惚れていたよ！）

私は破かないように丁重に包みを開けて、ハート型のショコラを一粒口に入れる。

甘くほろ苦いショコラが口の中で溶けるのと同時に、幸せな気持ちが心に広がっていく。

「おいしい……おいしいよ。ありがとう、タナカさん。ちょっとだけ元気でた」

「人族は今、色々と大変なようですね」

「うん。協調性のないパーティーでね、私の精神がガシガシと削られているよ」

タナカさんになら、私の弱い部分をさらけ出せる。

だって彼は、身分に左右されず、絶対的な味方になってくれる、私の家族だから。

「カナデに負担をかけるようでは本末転倒。どうせなら欲をかかず、カナデひとりで向かわせた方が短時間で済んだだろうに……本当に、人族は脆弱なくせに傲慢で馬鹿な奴が多いです」

「あっはは！　私ひとりじゃ何もできないよー」

「まったく、カナデの自覚症状なしは変わりませんね。本当に辛くなったら逃げなさい」

「逃げる？」

私は今まで考えたこともない選択肢に目をぱちくりとさせた。

「あの時、カナデが人族として生きることを認めましたが……辛いのならば私のところにおいでなさい。浮遊島なら魔族の侵攻もないし、神獣や精霊たちもカナデを歓迎しますよ。カナデは大切な妹なのですから。……でもその前にカナデを泣かせた奴らに仕返しするのが先ですね」

タナカさんは嬉しそうに、しかし獰猛《どうもう》さを感じさせる口調で言った。

私はタナカさんの豊かな毛並みに顔を埋めながら、小さく呟く。

「……仕返し、してもいいの？　私は、なんの力もないただの平民なのに」

「身分など所詮《しょせん》、人族が作りだした不確かなもの。平民だからといって、カナデひとりが我慢する必要はありません。道を開くのは、いつだって己の力ですよ」

「そっか……そうだよね！」

カナデという個人の存在を認め、尊重してもらえたからか、私の心を包んでいた闇に小さな勇気の火が灯《とも》る。

「上に従うだけが人じゃないよ。下克上って言葉もあるんだし、他人に勝手な期待をするよりも、辛いなら自分の力で変えていかなくっちゃ！」

豊臣秀吉もナポレオンも、低い身分から成り上がった。時の運もあるだろうけど、彼らの強い信念があったから国の頂点に立てたのだ。

ならば私もそれに倣《なら》いたい。彼らのような才能はないけれど、平凡なりに成し遂げてみせようではないか。

「もう、平民だからって我慢したり、卑屈になるのは止めにする。キッチリしっかり仕事を完遂させて、こんな仕事スッパリ辞めてみせるよ！　今こそ、転職だ！」

平民という身分の一番の利点は身軽さだ。自分が望む場所へ、いつだって勇気さえあれば旅立てる。その事実を、激務ですっかり忘れてしまっていたようだ。

（こんなブラック企業みたいな職に未練なんてないよ。だけど、すぐに辞めることができるほど、ブラックな職場は甘くないよね……）

悶々《もんもん》と考えるが、今のところ良い案は浮かばない。とりあえず目の前の仕事を一段落させて王宮に戻るまでに、何か良い案を考えておこう。

「そういえば、カナデはどうしてそんな過酷な労働を強いられていたのですか。そもそもの原因はなんです？　人族なんて掃いて捨てるほどいるのですから、カナデばかり働かなくても良いと思うのですが」

「それは……」

タナカさんの疑問をきっかけに数か月前の記憶を掘り起こし、脳内で分析をする。そして私は、ある結論に達した。

「不眠不休で書類の山に埋もれて、アホ共の御守りをすることになったのは、魔王が現れたからじゃねーか！　よしっ、最速で魔王をぶっ潰そう！」

「カナデが立ち直ってよかったです」

タナカさんはしなやかな毛並みの尻尾を揺らした。

「ありがとう、タナカさん。全部終わったら浮遊島に移住しようかなー」

今まで頑張ったのだから、自分へのご褒美に長期バカンスをしてもいいかもしれない。元日本人の性か、貯蓄はたんまりある。当分の生活に困ることはないだろう。

「待っています、カナデ。では、くれぐれも気を付けて」

「うん。ありがとう、タナカさん！」

「夜も遅いですし、私は帰りますね。カナデも明日に備えてもう眠りなさい。次に会う時までに、ご褒美をたくさん用意しておきますよ」

タナカさんの紳士な気遣いに、私の心臓がきゅんっと高鳴る。

（タナカさん、イケユニコーン！　四足歩行じゃなきゃ惚れていたよ！）

私は興奮する心を隠し、元気よく手を振った。

「うん。タナカさんありがとう、またね」

そしてタナカさんは転移魔法を使い、虚空へと消える。

森には、静けさが戻った。

「タナカさんのおかげでスッキリしたし、残りのショコラ食べて寝よー。お菓子を食べねば戦《いくさ》はできぬってね！」

私は月明かりの下、甘くほろ苦いショコラを口いっぱいに頬張るのだった。

睡眠時間は短かったが、今朝の目覚めは凄く良い。

タナカさんに会えたからか、心も軽く、活力が溢《あふ》れてきた。今ならアホ共を笑って受け流せる気がする。


「そのお粗末な頭じゃ分からないでしょうけど、雪の国は様々な流行を作り出し、世界に発信しているのですわ。ドレスに宝飾品、音楽や絵画だって最先端なのは我が国。どう、素晴らしいでしょう？」

「そんな浮ついたものを誇るなど、所詮は氷で閉ざされた国だな」

「なんですって！」


「腹筋よしっ、背筋よしっ、大胸筋よしっ、上腕二頭筋よしっ――――」


「勇者ぁ、結婚したら子どもは何人欲しいのじゃ？　最低十人は必要かの？」

「え、十人⁉　結婚とかはボクたちには関係ないと思うけど……カ、カナデ、助けて！」

「あんな貧乳で地味な女は、勇者である其方は気にしなくてよいのじゃ。妾《わらわ》だけを見ているがよいぞ」

「あの花は珍しい色をしているな。よし、見に行こう」

……ブチっと私の中の何かが切れる音がした。

おそらくアレだ。堪忍袋の緒が切れました！　ってヤツだ。もういいよね、私は十分頑張った。

もう、遠慮なんてする必要ないよね？


このアホ共に何をしたって許されるよね？


私は闇属性の魔力で首輪と鎖を作り、フラフラと単独行動をしようとする弓使いに投げ縄の要領で首輪を投げつける。

首輪は弧を描き、弓使いの首にかかった。そしてキュッと首輪が締まり、弓使いの首にフィットする。そして私は容赦なく鎖を引き寄せ、弓使いを足元に這いつくばらせた。

「あぐぅ……」

「集団行動のできない駄犬には、首輪が必要だよね？」

呻き声を上げる弓使いのことなど気にもせず、私は彼の背中を足で踏んづけた。

すると、今まで勇者にベッタリだった聖女が血相を変えて私の元へやって来る。

「な、何をしておるのじゃ！　その男は、風の国の公爵家の令息じゃぞ。お前のような下賤《げせん》な黒魔女が逆らってよい相手ではない！」

「カ、カナデ、仲間に乱暴は良くない、と思うよ……」

「黙れ、行き遅れの処女ビッチと八方美人のヘタレが！　お前たちのくだらない恋愛ごっこに巻き込みやがって。私に関係ない場所で乳繰りあっていろよ！」

私は鋭い眼光で勇者と聖女を睨み付けると、自分とは思えないほど低い声で今までの鬱憤《うっぷん》をぶちまける。

「だいたい、ヘタレ。この肉食系合法ロリにお前がハッキリ言えば、私の心が害されることはなかったんだよ。優柔不断のクソ野郎が」

「で、でも……」

「黙って、この言い訳野郎。本来このパーティーは、リーダーのお前が仕切るはずだったんだよ。それなのに、私にばっかり縋りつきやがって……聖女はネチネチしたいじめをしてくるし。何が兵《つわもの》を集めたパーティーだ。集団行動も個人の感情も抑えられないなんてアホか！　仕事なんだから、少しは我慢しろよ！」

私は言い切ると、荒くなる息を整えた。

黙り込むパーティーメンバーの中で、聖女だけが私を睨みつけている。

「言わせておけば……このドブスの黒魔女が‼」

そう言って聖女が私に光属性の攻撃魔法を放つ。

攻撃魔法は光の矢で、その数は百本を軽く超えるだろう。それらが降り注ぐ中、私は腸が煮えくり返る思いだった。

「……ドブスだって？　私は平凡顔だよ！　さっきはよくも私を貧乳って罵ってくれたな。……ちょっとは揉める私と違って、お前なんか揉むところのない絶壁だろうが！」

瞬時に私は魔力障壁を作り出し、すべての矢を受けきる。

「うそじゃ……」

何が嘘なものか。魔法使いを名乗る者が、こんな攻撃魔法程度を防げなくてどうする。

「パーティーメンバーの精神を攻撃するだけじゃなくて、魔法攻撃もするんだ？　さすがは慈悲深い聖女様だね」

私はゆっくりと聖女に向かって歩く。

「ねえ、ちゃんと仕事をしましょう」

そして右手を光魔法で身体強化し、手近な巨岩を殴った。

――バコーンッ

木端微塵に巨岩が吹き飛んだが、私の手は掠り傷一つついていない。

「ひぃぃいい。わ、妾《わらわ》は精霊を宿す本物の聖女じゃぞ！　妾に何かあれば光の国が黙っておらん」

「だから何？　人類滅亡の危機の今、聖女がひとり死んだところで何も変わらないよ。それに今は魔王討伐の最中、聖女は命がけで戦って死んだって言えば、みんな納得してくれるよね」

私は天に向かって手を上げ、悲劇を演じる役者のように、わざとらしく嘆く。

「ああ、慈悲深い聖女様！　貴女《あなた》のおかげで世界は平和になりました！　ってね。なんなら、そこの貴女のお気に入りの勇者との恋物語でも捏造《ねつぞう》してあげようか？　平民はそういう単純な話が大好きだからね」

「ああ……」

ちらりと聖女を見れば、彼女は顔を青ざめながら失禁していた。

（ちょっとやり過ぎたかな……うーん、別にやりすぎてないよね！）

他のメンバーにも目を向けると、よく分からないことになっていた。

勇者は化け物を見るかのように脅《おび》えた表情で私を見つめ、槍使いは私に跪《ひざまず》いている。フローラは顔をほのかに赤らめさせ、潤んだ瞳で熱のこもった視線を送ってくる。第五王子は気に入らないとばかりに私を睨んでいた。

弓使いは……跪きながら私の靴を舐めている。汚いから今すぐ止めろ。

「ええっと、何か？」

いったい何がどうなっているのか。混乱の中、私は顔を引きつらせ、どうにか言葉を紡ぐ。

すると、私をさらに混乱させるように、槍使いがキラキラした少年のような瞳で私を見上げる。

「なんという圧倒的な強さ！　尊敬しますぞ、カナデ殿！　ぜひとも、弟子に……！」

「嫌だよ！」

「そこをなんとか！」

暑苦しいぞ、槍使い。私は筋肉主義者にはならないからな！

「束縛がこんなに心地いいなんて……僕を貴女の飼い犬にしてください！　ご主人様」

「うせろ。いつまで私の靴を舐めているわけ？　汚いんだけど。弁償しろ、変態！」

「きゃいんっ♡」

蹴り飛ばしたらいい声で泣きやがった……弓使いは真性の変態だ。

それを見ていたフローラは、身体を震わせると私へと突進してきた。

「……羨ましい。カナデ、あたくしも貴女の物にしてぇぇ！」

私はスッと身体を引いて、フローラを躱《かわ》した。

（あれだけ強気に第五王子と口論していたのに、SじゃなくてドMだったのかよ！）

残念なことにフローラも変態のようだ。私はじとっとした目でフローラを見下す。

「……」

「どうして蹴ってくれないの⁉　あたくしが王女だから？」

「蹴り飛ばして喜ぶって分かっている人に、どうして私が奉仕しなきゃならないの？　あと、気安く名前で呼ばないで。穢れる気がする、なんか色々と」

私は思わず汚物を見る目でフローラを見てしまった。

しかしそれはフローラにさらなる快感を与えてしまったらしく、彼女は艶《なま》めかしく身体を捻りながら、興奮で息を荒げる。

「はうん♡　お姉様、あたくしを傍に置いてくださいましぃ」

弓使いと競うように、フローラは私に擦り寄った。

（フローラって……本当に王女様だよね？　王女様の皮を被った変態って言われた方が納得できる

んだけど……）

　私はとんでもないものを覚醒させてしまったのかもしれない。

　戦慄していると、私の肩を強引に第五王子が引っ張った。

「どうして酷い目に遭っているのに、俺に相談してこないんだ、カナデ！」

「貴方《あなた》がそれを言う⁉　第五王子も私を苦し――」

　最後まで言い終わることなく、私はとてつもない魔力を感知し、第五王子と共に天を見上げた。

――ズドーンッ

　轟音と共に地面が揺れ、粉塵が舞った。私は衝撃で地面に倒れ込んでしまう。

「敵襲⁉」

　粉塵が収まった後に状況を確認するため、衝撃音のした方角を見ると、十メートルほどの巨体を持つ魔族が、悠然と立っていた。

　尻尾は蛇で胴体は竜、そして二つの狼の頭。まるで神話に出てきそうな統一感のなさだ。

　魔族はギョロリとした目で私たちの姿を確認すると、太く鋭い牙を見せながら愉快そうに口端を歪めた。

「「滅び行く人族の強者たちよ。魔王軍四天王がひとり、このドラーフがその希望ごとすり潰してやろう！」」

　二つの狼の頭部が喋るだけで地響きが起こる。

私はよろよろと立ち上がりながら、魔族を見上げた。

「中ボス飛ばして四天王って……このお粗末なパーティーにレベルアップを許さずに大ボスを送り込むとか、魔王軍参謀やりおる。さすがは陽帝国元宰相閣下だね……」

私が次にとるべき行動を考えていると、それを邪魔するように耳を劈《つんざ》くような悲鳴が聞こえた。

「ひぇえええ」

「どどどど、どうしよう！」

「腕と筋肉が鳴るな！」

「うるさい！　気が散る！」

私は勇者と聖女、それに槍使いを叱責《しっせき》した。

それに何を見出したのか知らないが、弓使いとフローラが甘えるように、私へとすり寄ってきた。

「ああ、ご主人様ぁ」

「お姉様、素敵」

「近づくな、変態共」

氷のような眼差しで見下ろすと、弓使いとフローラは鼻血を出して倒れた。

まったくもって意味が分からない。

「おい、カナデ！　俺の後ろに隠れろ」

「いや、敵が見えないから退《ど》いて」

何、このカオス状態。面倒くさい！

私はすぅと息を吸うと、森全体に響き渡るかのような大声を出した。

「フローラ王女は使えない聖女と勇者の護衛。ダルカスさんは中距離支援。駄犬は遠距離からの攻撃支援。第五王子殿下は駄犬の護衛と周辺の警戒。分かった？」

「もちろん分かりましたわ！　お姉様の仰《おお》せのままにぃ～ですわ！」

「異論はないぞ、カナデ殿！」

「ご主人様の命令……甘美な果実」

フローラと槍使い、それに駄犬——じゃなくて弓使いは、私が指示した場所へと駆け出した。

しかし後ろを振り向けば、ぶすっとむくれている第五王子が突っ立っていた。

「何故、俺がカナデに従わないといけないんだ！」

「面子とかどうでもいいから。死にたいの⁉」

私は身体強化した腕で第五王子を掴み、弓使いの元へと放り投げる。

『ぐぇっ』っとカエルのような呻き声が聞こえたが、無視だ。命がかかっているんだから、私は悪くない。

「いきますわよ。来なさい、プロテクトシープ！」

王女様は体長三メートルほどの、モコモコの羊型の魔物を召喚した。

召喚魔法は雪の国王族に伝わる秘術だと聞いてはいたけれど、実際に見るとすごい。あのモコモコを自由にできるなんて、幸せじゃないか。埋もれたい、包まれたい。

（う、羨ましい……で、でも、私にはタナカさんのツルふかの毛があるしっ！）

私が内心で対抗心を燃やしているうちに、フローラは勇者と聖女の護衛に入る。

しかし、泣きわめく使えない勇者と聖女に嫌気がさしたのか、自前の鞭を大きく地面へとしならせた。

「静かにしなさいなお姉様を煩わせる下等生物共。あなたたちなんて鞭で打つ価値もないですわ」

フローラは冷たく言うと、それ以後は勇者と聖女の前に立ち、プロテクトシープに命令をして防御の態勢をとる。これでこのパーティー最大のお荷物問題が片付いた。

槍使いも警戒態勢を取り、何が起きても瞬時に対応できるようにしている。弓使いも援護するために魔族の死角に隠れ、第五王子もなんだかんだ剣を構え、弓使いの護衛をしている。


そして私は巨大な魔族と対面した。

「人族の脆弱な小娘ひとりで何ができるというのだ？　だがしかし、その黒髪……なんと珍しい。生物が黒を宿すなど、初めて見たぞ。気に入った！　小娘、お前は戦利品として持ち帰ろう」

「私としてはアンタみたいな魔族のほうが珍しいんだけど、ねっ」

私は聖女が使ったのと同じ光の矢を、小手調べに数本放った。

魔族はそれらを避ける仕草もせず、平然と受け止める。

（さすがは四天王、なんつー防御力。ここはアレを使うしかないね。というか、こんな機会じゃないと使えないよね！）

私は静かに笑いながら、地面に魔力を流した。

そして明確なイメージを脳内に浮かべる。

「「他愛無《たわいな》い攻撃だ。これで終わりか？　小むす――!?」」

水属性の上級魔法である氷魔法を使い、私は魔族と同じ大きさのゴーレムを作り上げる。形状は前世の某ロボットを元にしていて、実に美しく無駄のない形状だ。

（ふふん。私の日頃のストレスを存分にぶつけさせてもらうぞ。四天王の……まあいいや。燃え展開は始まったばかりじゃ！　覚悟しろ、サンドバッグ！）

「行け、クリスタルゴーレム！　目標を撃滅せよ！」

十メートル級の怪物同士の戦いは白熱した。粉塵が舞い、木々がなぎ倒され、地面が割れる。

（やっぱり巨大ロボ風ゴーレムには、同じ大きさの敵じゃないと盛り上がらないよね！）

私は戦いの高揚感に身を任せ、クリスタルゴーレムを操作していく。

何度も魔族を殴るが、彼はこちらを見極めるように防御の態勢をとったままだ。

（しっかし、固いな。この魔族は防御特化なのかな？　すごい怪力でもあるみたいだけど……）

クリスタルゴーレムの打撃攻撃を受けても、魔族は膝をつかない。次第にクリスタルゴーレムは押されはじめ、両腕を破壊された。そして魔族はクリスタルゴーレムに馬乗りになると、容赦なく殴り始めた。

（つ、強いぞ。……頑張ってクリスタルゴーレム！　動かしているのは私だけど）

「「ふんっ、デカいだけの木偶《でく》の坊だな」」

「私の芸術品を木偶の坊だって!?」

だが、ボッコボコに殴られているから言い訳もできない。これでは、前世の某ロボットファンたちに合わせる顔がないじゃないか。

「むむむ、仕方ない。ここは魔法の呪文を……芸術よ、爆発せよ！」

私は火属性の最上級魔法を魔族に向けて放つ。瞬時に魔族がそれに気づき、馬乗りになって殴っていたクリスタルゴーレムから退いた。

魔法の直撃を受けたクリスタルゴーレムは消滅した。さらにクリスタルゴーレムでも相殺し切れない魔法の余波により、半径三十メートルほどが焦土と化した。

（森林伐採？　温暖化？　知らないよ、ここは地球じゃないからね！）

私は再度クリスタルゴーレムを構築した。

さっきよりも強く、早く、頑丈になれと強く願って。

「……驚いたぞ。その圧倒的な魔力量に攻撃力。そして類希《たぐいまれ》なる魔法の構築力。人族にしておくには実に惜しい」

「はぁ⁉　この程度、魔法使いなら普通だよ」

「小娘よ、普通というのを勘違いしてないだろうか……」

「ちなみに私のお爺ちゃんなら塗装と性能まで完璧に再現できるから。きっと、格好いい効果音だってついてくるよ！」

「……お爺ちゃん……？　もしや、小娘。お前は死神の――」

私は魔族が無駄口を叩いているうちにクリスタルゴーレムをカスタマイズする。

両手に男のロマンであるドリルを装備させ、キュイーンと回転させた。さらにドリルには風属性の上級魔法である雷魔法を使い、パチパチと火花が散る演出を加えてみる。

（なんで無駄な魔力を使うようなことをするのかって？　カッコいいからだよ！）

「もう一度だよ、クリスタルゴーレム！　あの四天王の……ど、ドラ……ドラちゃんをやっつけるのよ！」

「「誰がドラちゃんだ！」」

怒りに任せて、ドラちゃんが突進してくる。

私はクリスタルゴーレムでドラちゃんの攻撃を受け止める振りをしながら、土魔法を使って植物を成長させ操り、四天王の足へ蔓《つた》を引っかけた。

——ズドーン

ダイナミックにドラちゃんは転んだ。

私は立ち上がろうとするドラちゃんを、クリスタルゴーレムで動きを封じ、ドリルを最大限に回転させ、彼の背中に突き刺した。

氷のドリルは四天王の鋼鉄の皮膚を突き破り、火花と一緒に血しぶきが舞う。

どうやら、ドリルに纏わせている雷魔法がいい感じにドラちゃんの再生能力を抑えているようだ。

無駄な機能じゃなかったね！

「「ぐぁぁあああああああああ！」」

肉体を抉《えぐ》られ、ドラちゃんは断末魔の叫びを上げる。

ドリルがドラちゃんの肉体を貫通したところで、私はクリスタルゴーレムを消した。

「生きるか、死ぬか。これは戦い。だから、私は容赦しないよ。もう絶対に……死にたくなんてないから」

飛行魔法を使い、私はドラちゃんの頭上に飛び上がった。

最後の仕上げとばかりに、神属性魔法を展開し、白銀に輝く剣を生み出す。この白銀の剣は脆く崩れやすいが、刺した相手を一瞬で消滅させる能力を持つ。お爺ちゃんから伝承した私の必殺技だ。

私はじっと、四天王特有のセリフを待つ。

「「くっ……こんな、小娘にしてやられる、とはな。早く殺せ。四天王最強ドラーフを打ち取る栄誉を――」」

「ええっ、ドラちゃんって、四天王最弱じゃないの⁉」

最初に戦う四天王は最弱だと相場が決まっているはずだ。

（ここは『我は四天王の中では最弱……』とか言うところだよね？　これ以上の強敵がいるのか……って勇者たちに恐怖を植え付けるところでしょ！）

動揺した私は魔法の制御を疎《おろそ》かにしてしまう。

「あ……」

白銀の剣がゆっくりと落ちる――そしてドラちゃんにサクッと刺さってしまった。それと同時にドラちゃんの身体を構成した魔素が霧散する。

四天王ドラちゃんはあっけなく消滅した。

（……私ってば、うっかりさんね、てへっ）

「お、終わりよければすべてよしっ！　四天王ドラちゃん、打ち取ったりー」

私は腰に手を当てて、高らかに宣言するのだった。

私がパーティーメンバーにぶち切れてから数か月が経過した。

最初はバラバラだったパーティーもどうにかまとまり、魔王城に到着することができた。

ドラちゃん以外の四天王も駆逐《くちく》済み。あとは魔王と人族出身の参謀を残すのみだ。

（あと少しで辞職への道が開けるよ。パーティーも連携がとれてきたし、最後まで気を抜かず頑張ろう！）

パーティーのフォーメーションは、前衛に私・第五王子・勇者。中距離アタッカーに王女様。後衛に弓使いと聖女様で、ふたりの護衛に槍使いだ。

勇者と聖女様も今では従順にパーティーに尽くしている。よかった、よかった。

「さて、謁見の間の扉の前まで来た訳だけど……勇者、開けて」

「なんでボクが……」

勇者は捨てられた子犬のように頼りなさげな目をしていたが、私は情に流されることなく顎《あご》をしゃくった。

「あんたがリーダーでしょ。それに扉を開くのは勇者と相場が決まっているよ。ねぇ、聖女様？」

「は、はいいい！　そうじゃな、カナデ様の言う通りじゃ。勇者、早く開けないか」

「ええっ、シルヴィア⁉」

聖女は勇者を扉の前に突き飛ばした。弓使いは羨ましそうに勇者を眺めている。

「ご主人様……この卑しい犬にも命令を……」

「ちょっと抜け駆けは許さないわ！　お姉様、あたくしに……」

「失せろ、変態共。魔王の餌にしてやろうか？」

「「はうん♡」」

弓使いとフローラは鼻血を出しながら倒れた。

「ああ、筋肉が高揚するな！　カナデ殿」

「知らんわ！　暑苦しい」

「カナデに近づくな！」

狭い通路なのに、第五王子が私の両肩に手を添え、密着してきた。

「ああもう！　勇者、早く扉開けて！」

「はぃぃいいい」

――ギィイイイイイ

重厚な扉が開いた。ついに、人族を滅亡の危機へ追いやった魔王との戦いが始まるのだ。

魔王城は人族の城を改装しているからか、特に奇抜な印象は受けない。広い謁見の間は思っていたよりも静かで、私たちを待ち構えていたのはふたりだけだった。

奥にある玉座には、魔王が悠然と座っている。そして魔王の傍にはひょろひょろの人族が立っていた。あれが噂の人族の参謀だろう。

（魔王の顔は厳《いか》ついライオン……だけど、身体は屈強な人族みたい。動物は好きだけど……某ドーナッツ屋さんの看板ライオンみたいに可愛くないから、思い切り戦えるね）

私は口角を上げ、不敵に笑った。

しかし、魔王と参謀はそのことに気がつかない。

「よく来たな。勇者とその仲間たち。吾輩は魔王その名は――」

――ガッシャン

話の途中だったが、私は魔王と参謀を巨大な氷の檻に閉じ込めた。

（お約束のセリフ？　そんなのドラちゃんとの戦いで砕け散った夢だよ。私は早く帰りたいの！　辞職したいの！　転職したいの！　こんなところで油売っている暇はないんだよ）

私はすべての元凶である魔王と参謀を見据えた。

「お前たちだけは……絶対に許さない！　よくも、よくも、私の仕事を増やしてくれたな！　おかげで過労死するところだったし、ストレスで禿げそうになったわ！　私の恨みを篤《とく》と味わえーー！」

「え!?　ちょ、ま――」

私は多種多様の属性の攻撃魔法を、これでもかと魔王と参謀にぶち込んだ。

他のパーティーメンバーは無言だ。変態共と筋肉は何やら興奮しているみたいだが。

一頻り撃ち終わると、私は攻撃を止めて粉塵が晴れるのを待った。

参謀はあらかじめ魔力障壁で守っていたので、気絶はしているが無事だ。しかし、魔王はもはや虫の息。ぴくぴくと痙攣しながら倒れていた。

(……良かったよ。魔王が死んでいなくて)

私は内心でほくそ笑みながら、生まれたての子鹿のように部屋の隅で震えている勇者を見た。

「勇者」

「はいいいい！　なんでしょうか」

「魔王にトドメ」

私は魔王を指さす。

勇者は困惑した表情で私と魔王を交互に見た。

「え!?　でも……」

「いいから」

「かしこまりました！」

勇者は慌てて魔王に駆け寄った。そして魔王の胸を聖剣で一突き。すると、金色の光を帯びながら、魔王の肉体が魔素へと変換されて消えていく。

まさに、魔王と人族の戦いの最後に相応《ふさわ》しい、希望の光。

そして私が一番恐れる死の光でもある。

「……変態共、参謀を拘束して」

「「承知しました」」

フローラと弓使いによって、参謀が縄で縛られていく。かなり複雑な縛り方で、解くことは熟練者でないと不可能だろう。さすがは変態たちだと私は感心した。

なんにせよ、これで仕事はほぼ終わり。後は参謀を連れて光の国に戻るだけだ。

（これでやっと転職できる！　悠々自適なスローライフを送るんだからね）

「じゃあ、帰ろうか！」

私は憑き物が落ちたように、いつも通りの笑みを浮かべる。

「そうだな、カナデ殿」

「「……はい」」

「はい、お姉様」

「ご主人様の御心のままに」

「これで陛下から褒美がもらえるのは確実だろう。お前には身に余る栄誉だな、カナデ」

第五王子が顔を真っ赤にさせながら言った。

（何を怒っているの？　私が褒美をもらうのが許せないの!?　絶対に褒美はもらうんだからね。私は宮廷魔術師を辞めるんだから！）

光の国に参謀を届けた後、私たちはそれぞれの国へと帰還した。

こうして魔王討伐パーティーメンバーは、人族を救った新世代の英雄として語り継がれることになるのだった——

三・女魔法使いの華麗なる転職劇……かもしれない

魔王討伐から帰ってすぐ、私と第五王子は見世物のように空の国の王都中を回り、疲労困憊《こんぱい》の状態で王宮へと凱旋を果たす。

そしてそのまま休暇を与えられることなく、国王と謁見することになった。

謁見の間には、すでに国の重鎮たちが控えていた。

魔王討伐の英雄を讃えるために集まったというよりは、罪人を裁くために集まったと言った方が納得できるほど、物々しい雰囲気だ。

私と第五王子は、部屋の中央を、背筋を伸ばして歩き、玉座に悠然と腰掛ける国王の前に跪く。

そして、国王からの言葉を待った。

「面を上げよ。マティアス、カナデ」

「「はっ」」

第五王子は珍しく緊張した面持ちだ。

対する私は、眠気を悟られないように必死に表情筋を制御する。

正直に言うと、こんな謁見なんてすっぽかして、今すぐ自分の部屋で眠りたいのが本心だ。マジ眠い。

「此度の魔王討伐の任務、よくぞ勤め上げた。余からは最大の感謝を込めて、ふたりに褒美をやろう。まずはマティアス、其方には領地と褒賞金を授ける。そして一つなんでも願いを叶えよう」

そう国王は言ったが、なんでも叶えるなんて嘘だ。

つい数年前まで、王太子の座を巡って第五王子の腹違いの兄弟たちは争っていた。ヘタな欲を出せば、また無駄な政争が始まる。だから、第五王子は限られた望みしか言葉にできない。

（英雄の第五王子なんて微妙な立場だよね。王侯貴族って、やっぱり怖い。私は平民に生まれて良かったよ。普通が一番だね）

だが、今回の褒美で少しは第五王子が幸せになることができればいいと思う。

国を守るために命がけで戦ったんだ。少しぐらい第五王子が欲をかいたっていいだろう。

「ありがたき幸せ。陛下、私は願うのはただ一つ、婚姻の自由でございます。政略結婚ではなく自分で伴侶《はんりょ》を見つけたいと思います」

「許可しよう」

私は第五王子の予想外の言葉に、目を見張った。

（え、第五王子ってまだ十七歳なのに結婚したい相手がいるの⁉）

お伽噺みたいな展開に驚きが隠せない。

いくら人族の結婚適齢期が十五歳から二十代前半だからといっても、あの学生時代に私に突っかかってばかりだった第五王子が、恋をしていたなんて。男子三日会わざれば刮目《かつもく》して見よとは、このことかと私は納得した。

そうこうしているうちに、私の褒美へと話は移る。

国王は厳格な面持ちで私を見据える。

「カナデ。其方には女侯爵の爵位と褒賞金を与えよう。……そして、何か願いがあれば言うがよい」

戦場へ赴《おもむ》くかのように、国王はカッと目を見開いた。

（爵位とかいらないから！　嫌だよ、貴族とか絶対面倒くさいじゃん。リアル昼ドラなんて御免だよ。これ以上私のストレスを増やしてたまるか。絶対に宮廷魔術師を辞めてやる）

慎重に丁寧に。私の真意は悟られないようにしなければならない。

言い切る前に止められたら元も子もないからだ。

「恐れながら陛下、私の浅ましい願いを聞いてください」

「よかろう、遠慮なく申すがいい」

「ありがとうございます。では私の願いを申し上げましょう。爵位と褒賞金、それと休みは陛下にお返しします。その代わり――――」

一呼吸置いて、私は確固たる意志を持ち国王に浅ましい願いを明かす。

「本日を持って宮廷魔術師を辞職させてください！　あ、もちろん退職金は勤続年数に応じていただきますよ」

（ついに言ってやったよ！　脱社畜だ！）

私は頬を緩ませ、にやけた顔を晒《さら》す。

「あ、その……カナデ。宮廷魔術師の筆頭にしてやろう。だから辞職は止めなさい」

「いえ、陛下。宮廷魔術師の筆頭とか絶対に嫌です。それとも罰なのですか。私、何かしましたか……？」

役者のように涙を流し、私は周りを同情させる作戦を開始した。

聖女の自尊心を満たして嫌がらせを早く終わらせるために密かに練習した、嘘泣きスキルが今活躍している。

(なんのために魔王を倒したと思っているんだ、すべては仕事を辞めるためだよ。貴族も宮廷魔術師筆頭も絶対に嫌じゃ!)

「カナデ、辞職以外に望みはないのか?」

「ええっ、なんでも叶えてくれるという言葉は嘘なのですか……? 辞職するためだけに四天王を殲滅《せんめつ》して、魔王を瀕死状態にしたのに……」

私の言葉に、何故か謁見の間の空気が凍った。

すると、そんな空気をぶち壊すように第五王子が叫ぶ。

「何故、爵位を受け取らないいんだ! これじゃ、俺の計画が……」

「……計画ってなんですか、第五王子殿下?」

「それは……いや……」

ハッキリ言わないってことは、やましいことがあるってことだ。

(もしや、私が英雄の女侯爵になって天狗になったところを突き落として、没落させようとでも思っているんじゃ。……こいつならやりかねんぞ)

私は胸の前で両手を組み、儚《はかな》い少女に見えるように目を伏せた。

「陛下、私はもう疲れたのです……。上司には仕事を押し付けられて尻拭いをし、慢性的な疲労と睡眠不足に苦しみました。魔王討伐に行けばアホ――じゃなくて、個人主義の高貴な方たちのお世話……もう限界です。辞職することを心の支えに戦って来たのです。私の細やかな願いが聞き届けられないのなら……筋は通そうと思いましたが、致し方ありません。私、今から失踪します」

社会人の常識なんてかなぐり捨てて、一流のバックラーに私はなる！

それぐらいの気概がなくては、ブラック企業からは逃れられないのだ。

「待ってくれ、カナデ！　職場環境は望むように改善しよう。だから、辞めないでくれ」

国王が懇願する。四十歳を超えたオッサンの必死な姿は、私を正直微妙な気持ちにさせた。

（でも絆《ほだ》されたりしないいんだからね！）

「私みたいな凡人が一人抜けたところで支障はないと思われますが。タナカさんに誘われていますし、私は辞めたいのです」

「おい、タナカって誰だ。お前にそんな男がいるなんて聞いていないぞ！　は、破廉恥《ハレンチ》な！」

「タナカさんを馬鹿にしないでください。気遣いのできる素晴らしい紳士で、優美なユニコーンですよ？」

口調は丁寧だが、私は第五王子に『黙れ、アンポンタン』という視線を向ける。

「ユニコーン……神獣族ではないか！　カナデ、其方は神獣族と親交があるのか⁉」

「何を言っているのです、国王陛下。身分や年齢、そして種族なんて、親しくなるのに関係のないものでしょう？　普通に考えて」

「そうか……相変わらず規格外な。ますます手放す訳にはいかないではないか」

ボソボソと国王が何か呟くが、私の元にまで声が届かない。

「カナデ、一生のお願いだ。この王宮で働いてくれ！」

「遠慮させていただきます！　私は夢のスローライフを送るんです」

国王と私のお互いに譲らない攻防は、深夜まで続くのだった――

「これで準備完了っと」

私は四年間過ごした寮室を眺める。

荷物はすべて運び出され、木製の寝台と机が置いてあるだけだ。

結局、あまりにしつこい陛下に根負けし、私は辞職ではなく左遷されることになった。もちろん今までのように馬車馬のようにこき使われる環境ではない。領主の相談役という、いてもいなくても変わらない役職だ。

「週休三日。定時上がり。憧れの窓際族になれるなんて、思いもしなかったよ！」

私はウキウキと弾む気持ちで、転移魔法を展開する。そして新しい職場へと向かった。

「なんであなたがいるんですか、第五王子殿下」

「ふんっ、そんなの俺が領主だからに決まっているだろう?」

そう言って見るからに高級な椅子に座り、第五王子はふんぞり返る。

(……新しい上司に挨拶に来たらこれだよ。そういえば、領主について聞いたら皆はぐらかしていたな……国王め、許さん)

私は怒りに震えながら、部屋を見渡した。

「左様ですか。ところで退職届はどちらに提出すればいいのでしょう?」

「や、辞めるなんて許さないぞ! お前は一生、俺の傍にいればいいんだ!」

「一生奴隷のように働けと⁉」

「え、違う……そうではなくてだな……」

なんというブラックな企業理念だろうか。さすがはあの国王の息子だ。

私は前世のファミレスアルバイトで培《つちか》った営業スマイルを浮かべ、内心で辞職するための計画を立てる。


スローライフへの道を諦めてやるものか。

絶対に……こんな職場は辞めてやるんだからね……!

四・元凶は傍観者を気取ってみる

カナデとマティアスのいる屋敷の上空。

地に足もつけぬその場所で、腹を抱えて笑う黒髪の少年がいた。

「あー、おかしい！　奏は馬鹿だね。空の王は君を——君の便利な力を離したりしないというのに。そんなことに気づかないで騙されて。ははっ、馬鹿な子ほど可愛いって本当だったんだ」

少年は神秘的な金色の瞳から零れた涙を拭うと、再びカナデのいる方向を見つめる。

「魔族と人族の戦争を終わらせた理由が、辞職したいからなんて。おもしろすぎるよ。英雄の君が混沌と破壊をもたらす、呪われた存在だなんて、誰も思わないよねー」

少年は一頻《ひとしき》り笑うと、今度は目を細めた。

その表情は、少年とは思えないほど恐ろしく、妖艶なものだ。

「また、君の愛した世界に裏切られないといいけどね」

空に向けて、少年は大きく手を切った。

すると空が裂け、そこから眩《まばゆ》い金色の光が零れ出す。

少年はその光に包まれながら、徐々に姿を消していく。

「君は我のものだよ。だから早く思い出して……奏が呪いに食い殺される、その前に」

少年の姿が消えると同時に、金色の光もかき消えた。

それに気づく者は、一人もいない。

黒髪黒目の女魔法使いカナデ。

彼女は珍妙な伝説と多くの功績を未来に残し、後の世で創造の女魔法使いと讃えられる存在となる。

　これはそんなカナデの――すべてを憎み呪った少女の二度目の奇跡の物語。

魔法使いの孫編

一・転生者カナデ

暗く冷たい水底にたゆたうような感覚。
『奏』の意識は、そして『カナデ』の身体は、長い悪夢の世界を抜け、光を求めて彷徨う。

激情に身を任せ、強く強くただ純粋に願ったものは、なんだったのだろうか。
心の奥底に封じ込められ、呪いで何重にも鍵をかけたそれは、開いてはいけないパンドラの箱。

——さあ、目覚めの時間だよ。

誰だろう。
ずっとずっと昔から、子守歌のように聞いていた、やわらかい声音。
憎悪よりも尊い、この感情を教えてくれたあのひとの願いを叶えるため、『私』は存在する。

ああ。どうか滅びゆく世界に、幸せと崩壊を——

目を見開き、私の意識は覚醒した。

頭の中はぼんやりとしていて、夢の内容は思い出せない。

（うーん。なんかこう……幸せだけど切ない夢だったような……？）

少しだけ気になったが、一度忘れた夢は思い出しようもない。

私は気分を切り替えて、学校へ行くために起きることにした。

（……って、身体が起こせないんですけど⁉　働け、私の腹筋！）

再度起き上がろうと腹や腕に力を入れるが、僅かに身体を浮かせることすらできない。自分の身体のはずなのに、言うことを聞かない。折角、目覚ましが鳴る前に起きたというのに、これでは学校に遅刻してしまう。

（え、まさか十七歳でギックリ腰⁉　どうしよう、恥ずかしいよ。……でも、四の五の言っていられないね。たとえご近所で、相原さん家の奏ちゃんが女子校生なのにギックリ腰になったと噂されようとも、命には代えられない！）

私はすぅっと息を吸い、肺いっぱいに酸素を送り込む。そして朝早くに起きているだろう、家族の名を叫んだ。

「おぎゃぁぁあああああああ」

しかし私の喉から出されたのは、まるで赤ちゃんのような泣き声だった。

（え、え？　私、『お母さーん！』って叫んだよね⁉）

半ばパニック状態の中で、私は必死に思考を回転させる。

（きっと、私の傍に赤ちゃんが寝ているんだ。ふふ……これで私も三人姉弟《きょうだい》か。私と恭介が力を合わせて立派な子に育ててやろ――うぅ⁉）

突然の浮遊感に、私は瞠目《どうもく》した。

どうやら、誰かに抱っこをされたようで、人の温もりが服越しに伝わってくる。

（お母さんの代わりに、お父さんか恭介が来たの？　緊急事態だけど、何も言わずに乙女を抱っこするとか、家族でもデリカシーなさすぎだよ！）

私は一言文句を言ってやろうと、必死に首を上げた。

「珍しいのう、カナデが泣くなんて。どうしたんじゃ、お腹がすいたのか？」

（だ、誰だよ、このリアルサンタクロース⁉）

私を抱っこしていたのは、もしゃもしゃの白い髭を蓄えた外国の老人だった。

赤いファンキーな格好はしていないが、日本人の思い描くサンタクロース像そのままだ。

老人は愛おしそうに私の頭を撫でる。

（え、えええ、まさか誘拐？　というか、この老人、女子校生一人抱っこしてこの余裕……ただ者じゃないよ！　ごりごりのシルバーマッチョだよ！）

私は老人から逃れるため、手足をばたつかせる。

そしてすっと自分の手が、視界に入った。

「おぎゃぎゃぎゃああ⁉」《紅葉まんじゅう》

小さくぷにぷに。ふっくらやわらかそうな手を見て、私は思わず叫んでしまう。

まぎれもない、この手は……赤ちゃんの手だ。

（なんで？　え、私……小さくなっている？）

混乱の渦の中、私の頭は沸騰しそうなぐらい熱くなる。知恵熱だろうか。

現状を把握しようと、私はキョロキョロと周りを見渡した。

「……また、赤ん坊が泣いているのですか。まったく、うるさいことこの上ないですね」

現れたのは人ではなかった。白銀の体毛に金色の瞳の美しい馬だ。

額に立派な一本角が生えていて、人の言葉を話しているが、馬には変わりない……はず。

「そんなこと言いよって、心配で来たんじゃろうが」

「……別に。これ以上泣きわめかれても迷惑なので、様子を見に来ただけです」

「まあ、そういうことにしてやろうかの」

「ニタニタと気持ち悪い顔をしないでください、ポルネリウス」

馬は嫌そうに言ったが、老人は軽快に笑うだけだ。

「ほぉっふぉ、まったく素直じゃないのう。ほれ、タナカ」

（ちょ、何してんの⁉）

老人はあろうことか、馬に私を差し出した。

このままでは、私は馬に食われてしまう。もしくは、唾液でベトベトにされてしまうだろう。

「おぎゃああああ《そんなの嫌だぁぁぁ》！」

「……仕方ないですね」

馬は煩わしそうに溜息を吐くと、私から視線を外した。

(もしかして、私の思いが伝わった？)

僅かに安堵していると、今度は眩い白銀の光が馬を包みこむ。そして馬の身体はぐにゃぐにゃと歪み、やがて人の形へと変わっていく。

光が収まり、現れたのは長身の三十代前半ぐらいの男性だ。

白銀の長髪を靡《なび》かせた彼は、宗教画からそのまま抜け出てきたかのような精巧な顔を、私へずいっと近づける。

(う、馬が……とんでもないイケメン紳士になりおったぁぁあああ！)

ついに脳の処理能力がオーバーヒートした私は、白目をむいて気絶してしまうのだった。


——輪廻転生《りんねてんしょう》。

死後、あの世に還った魂が、現世に何度も生まれ変わってくることをいう。

私、カナデは身をもってそれを経験していた。

(まあ、現世じゃなくて異世界に転生しちゃったけど)

私は日本に暮らす、相原奏という名前のごく普通の女子校生だった。しかし、気がついたら赤ちゃんになっていて、サンタクロースみたいなお爺ちゃんの孫として異世界で生きている。

日々、すくすくと成長する身体を見て、私はある違和感を覚えた。

「見れば見るほど、前世の私そっくりだよ」

鏡の前には、四歳になった私の姿が映っている。

烏《からす》のような艶のある濡れ羽色の髪に、意志の強そうなまんまるの黒い瞳。そして慣れ親しんだ平凡な顔立ち。昔、写真で見た幼い頃の私にそっくりなのだ。

「でも、ちょーっとだけ違うところもあるんだよね」

具体的に言うと、生まれつきあった身体の痣《あざ》や黒子《ほくろ》がなかったり、肌の色が以前よりも透き通るような白さだったりと、差異がある。

「時間が戻った可能性もないし……記憶はないけど、女子校生だった相原奏は死んじゃって、そっくりの顔で私は異世界に転生したんだろうな。世の中不思議がいっぱいだよ。名前も前と同じ『カナデ』だし」

疑問がつきない転生だが、考えても仕方ない。私には正解を導き出せないのだから。

気分を切り替えるように、私はパンッと両頬を自分で叩いた。

「おしっ！　今日は初めての実戦があるんだから、集中しなきゃ！」

私はお気に入りの白いローブを羽織ると、家の外へ出た。


空の国には、魔の森と呼ばれる凶暴な魔物ばかりが住む場所がある。

今から百年ほど前までは、魔物が増えすぎて人里に被害が出ないようにと、毎年騎士団を派遣して、多くの犠牲を払いながら魔物狩りを行っていたそうだ。

しかしそれも伝説の魔法使いポルネリウス……私を育ててくれているお爺ちゃんが隠居する際に、当時の国王から『定期的に魔物を討伐すること』を条件に、この森を与えられたことで魔物たちが人里へ降りることはなくなった。

そう、この魔の森こそが転生した私の家だったりする。


森へと繋がる門の前で、私とお爺ちゃんは最後の確認をしていた。

「カナデよ。お前が魔法の修行を始めて、もうすぐ二年になる。いよいよ実戦に入る時が来たのじゃ」

「はい、お爺ちゃん」

「今日の試練を乗り越えれば、カナデを魔法使いと認め、好きに魔法を行使することを認めるぞ」

「本当⁉　やったー！　鬼のようなしごきに耐えた甲斐《かい》があったよ」

前世と今世の違いといえば、なんといっても『魔法』の存在だ。

この異世界は、科学技術の代わりに魔法技術が発展している。幸いなことに、私が住む空の国は、人族領の中でも一番の魔法大国なのだ。

さらに私を拾ってくれたお爺ちゃんは、伝説の魔法使いと呼ばれるチートで天才な存在だったため、最先端の魔法を学ぶ機会に恵まれた。

（……存命しているのに伝説ってどういうこと？　とか疑問に思わなくもないけど）

ちなみに私は、二歳から訓練を始めた。さすがに早すぎだろと私も思ったが、如何せんお爺ちゃんはチートで天才である。常識は通用しなかった。

私が真っ先に覚えた魔法が、治癒魔法だったことから色々察して欲しい。

まあ、辛いだけの日々だった訳ではない。お爺ちゃんの教えてくれる魔法はとてもおもしろく、私はどんどんのめり込んでいった。

「浮かれてはならんぞ、カナデ！」

「はい！」

仰々《ぎょうぎょう》しい杖を地面に叩きつけ、お爺ちゃんは眉間に皺を寄せる。

今日もドヤ顔が眩しい。

「よろしい。カナデ、お前はもう四歳じゃ。自分の食い扶持《ぶち》は、自力で確保できるようにならねばならん。よって、今日の試練は魔物狩りとする！」

「ええ!?　四歳で魔物狩りって、たぶん世間の常識からいっても早いよ！」

魔物狩りは命がけだ。とてもじゃないが、いくら精神年齢が高いとはいえ、幼子にやらせることではない。

だがお爺ちゃんは頬を膨らませ、プイッと私から目をそらした。

「黙るのじゃ！　儂《わし》は天才じゃから、常識なんて知らんし学ばん！」

「威張ることじゃないからね！」

「あーあー、カナデが無事に狩りをしてきたら、タナカの奢りで特大ケーキを買ってきてもらおうと思ったんじゃがなぁー」

「まかせて、大物狩ってくるよ！」

私はぐっと拳を握ると、お爺ちゃんにウィンクした。

「あまり無理をするでないぞ。その辺にいる弱そうな魔物にしておくんじゃ。怪我だけはせぬようにするんじゃぞ」

「はーい」

私は初めてひとりで家の敷地から出て、魔の森の奥深くへと足を踏み入れる。

遠くからお爺ちゃんの叫び声が聞こえた。

「危なくなったら、すぐに転移魔法使うんじゃ。じーじとの約束じゃぞぉぉおおお！」

「心配性だなぁ。私、これでも元女子校生なんだけど」

てくてくと歩きながら森を探索するが、一向に獲物の姿は見えない。

「お爺ちゃんと狩りに来た時には、すぐに魔物とエンカウントしたんだけどな……。どうしてだろう？　うーん」

数分ほど黙考し、私は解決策を導き出す。

「そうか！　森と一体化すればいいんだ」

狩りと言えば、息を潜めて獲物に近づき遠距離からズバンッとするのが常套手段である。ただ歩いているだけでは、魔物は逃げてしまうだろう。

私は体内の魔力を操り、気配を断つ魔法を創り出す。風や光の属性を合わせた複雑な魔法だったが、思いの外うまくいった。

お爺ちゃんは狩りの時、自分自身と私に色々と魔法をかけていたに違いない。私と同じ魔法とは限らないが。

「後は……魔物を見つけないと。遠くのものが見えるようになれば楽かな?」

お爺ちゃんから習った気配遮断の魔法と、同時に透視魔法を展開した。

すると、五十メートルほど先にグルーミーラビットを見つけた。弱くて倒しやすく、しかもお肉がおいしいと広く知られた魔物である。

あれならひとりでも簡単に狩れるだろう。

「メルヘン〜♪　メルヘン〜♪　今日はとろとろラビットシチュー」

鼻歌を歌いつつ、私はグルーミーラビットに近づいた。

焦らず草むらに隠れて様子を窺うが、グルーミーラビットは私に気づいていないようだ。

(チャンスだね。……ゲヘへ、世の中は弱肉強食なんだぜ)

攻撃魔法を放つ準備をしていると、私の上に突然影が差した。

雨雲かなと上を向くと、そこにはなんと……黄色い熊がいた。蜂蜜大好きな可愛いアイツではない。好戦的で有名な上級魔物キンバリーベアである。

「ガルゥゥウウウ」

驚く私に、キンバリーベアは容赦なく鋭利な爪を振り下ろした。

「め、めるへぇぇえええんん」

奇声を上げながら、私は咄嗟《とっさ》に横に飛び退《の》く。

キンバリーベアの爪は私の横を過ぎ、地面をショベルカーのように大きく抉っていた。

(あと一歩遅ければ、私の方が抉られていたよ!)

ちらりとグルーミーラビットのいた方向を見ると、すでにヤツはいなかった。

「くそっ、私のために犠牲になってね作戦ができないじゃないか！」

おそらくキンバリーベアは、私を獲物としてずっと狙っていた。

グルーミーラビットを狩ろうとしていて、背後が疎かになっていた私を狩ろうとしていたのだろう。

「グルグガァァ」

キンバリーベアは再度、私に向かって攻撃をしかける。

（……取りあえず、距離を稼がなきゃ）

浮遊魔法を展開し、私は上空に逃げることを選択した。

すると、私が息つく暇もなく、キンバリーベアは私を狩るために行動を始める。

キンバリーベアを中心に風の刃が渦巻き、辺りに生える草木を切断しながら魔法の規模を拡大していく。

「通販番組の電話帳を切断する包丁かよ！　……なんか、嫌な予感がするんですけど」

キンバリーベアはニヤリと笑ったかと思うと、風の刃の塊を私に丸ごとぶん投げてきた。

「ちょっと、熊なのに魔法使うとか反則だから！　どう見たって物理攻撃する顔だろ。大人しく蜂蜜を食べててよぉ」

おかしい。お爺ちゃんと一緒に狩りをした時、キンバリーベアは魔法なんて使わなかった。

（……違う。魔法を使う前にお爺ちゃんが倒したんだ。これだからチートは……って考え事している場合じゃない！）

私は咄嗟に魔力障壁を展開し、キンバリーベアの風魔法を受け止める。

周囲に轟音が鳴り響くが攻撃を防ぎきり、私は無事だった。

「ああ、ビックリした……」

ほっと胸をなで下ろしたが、いつまでも余韻に浸ってられない。キンバリーベアは既に次の魔法を放つモーションに入っている。

「狩るのは私だよ！」

さあ、反撃の開始だ。

私は転移魔法を展開し、一瞬にして私はキンバリーベアの背後に回る。

（短距離転移なら、一秒以内に展開できるんだから！　……まあ、お爺ちゃんなら長距離転移も一秒以内でできるんだけどね）

「グルゥ？」

突然消えた私に驚くキンバリーベアは、困惑した様子だ。

私はそんな油断しているキンバリーベアの背後から、お返しとばかりに風魔法の刃をぶつける。

キンバリーベアの頭と四肢があっけなく切断され、悲鳴を上げることなく死んだ。

だけど……。

「な、なんじゃこりゃぁぁあああああ」

私は頭部から思いっきりキンバリーベアの血を浴びてしまう。

返り血のシャワーで、白いローブは赤黒く染まってしまい、生臭さが身体にこびり付く。

こうして、無事？　に私のはじめての狩りは終わった――――

二・竜との遭遇

「マジで酷い目にあったよ……」

私は魔の森にある泉で、返り血を落としていた。

服や下着は使い物にならなくなっていたので、替えの服に着替える。ふんふんと鼻を働かせて自分の匂いを嗅ぐが、どうにもまだ熊臭い気がする。

「なんにしても、狩りは成功だね。残りは家に帰ってお風呂で落とそうっと」

綺麗な輪切りになったキンバリーベアの肉を亜空間——容量が無限大の鞄のようなもの——にぶち込む。

「目的は達成した訳だし、そろそろ家に帰ろうかな。お爺ちゃんも待っているだろうし」

私が帰ろうと歩き出すと、突然、泉が大きく波打ち、轟音と共に渦を巻き始めた。

何か巨大な生物が、泉の中から這い上がってくるようだ。

「もしかして、あの幻の超有名生物……ネッシー降臨⁉」

泉の巨大生物といえば、ネッシーが定番だ。

この世界にいるか知らないが、泉と言えばネッシー、それだけは譲れない。

徐々に水面に近づく巨大生物。

私は緊張から、ゴクリと喉を鳴らした。

「ガァァアアアアアアアアア」

森中に巨大生物の咆哮《ほうこう》が響き、空気を震わせた。

そして、巨大生物はゆっくりとその全貌を現す。

長い首にどっしりとした手足、そして長い尾。全身は青い鱗に覆われ、目はギョロリと蠢き鋭い。

間違いない、これは――

「きょ、巨大なトカゲだぁぁあああ！」

「誰がトカゲだ、ゴラァ！　オレは竜だ！」

トカゲ――もとい、自称竜は、いきなり口から氷のブレスを吐いた。

「うっぎゃぁぁあああ」

私は慌てて魔力障壁を展開して、氷のブレスを防いだ。

叩きつけるような吹雪が魔力障壁にぶつかると轟音が渦巻く。恐怖と戦いながら、なんとかそれを防ぎきった時には、辺りは一面、氷の世界となっていた。

（……マジで危なかったよ）

私は怒りをはらんだ目で、自称竜を睨み付けた。

「おい、自称竜！　森を凍らせてどういうつもり？　危ないでしょう！　これじゃあ、魔物の生態系が変わっちゃうじゃん。竜だっていうなら、そういうことも気にしなよ！　アンポンタン！」

「ア、アンポンタンだと⁉　なんか知らねーが、馬鹿にされているのだけは分かるぜ！」

自称竜は目を見開くと、怒りからか、びたんびたんと尾を地面に叩きつけた。どうやら、反省はしていないようだ。

「……ゲロ竜のほうが良かった？」

「伝統的な竜のブレス攻撃をゲロ扱いするんじゃねぇ！　それとオレは正真正銘の竜だ。しかも世界の中で六体しかいない、誇り高き魔素りゅ――――」

「あー、はいはい。御託《ごたく》はいいから、ゲロ掃除してよね。駄目男って自慢話が長いから困るわ。いや、男じゃなくて雄か」

「失礼すぎる奴だな――ってお前、オレの言葉が分かるのか？　大陸語じゃねーのに」

そう言って、自称竜は不思議そうに私に顔を近づける。鼻息が突風のように吹いた。

「……あのさ、鼻息が冷風で寒いんだけど。鼻毛引っこ抜くよ？」

私は目の前にひょこひょこと動く、人の腕ほどの太さの毛を引っ張った。

「それは鼻毛じゃねえ、竜の髭だ、バカ！　……しっかし、見た目は人族の子どもだな。だが、やけに獣臭いな……」

自称竜の顔が離れたと安堵した瞬間、私は陸地にいるはずなのに溺れた。

「ぐぶぶぶぅぅうう⁉」

自称竜の作り出した水球に閉じ込められ、洗濯機で洗うように私自身が洗われているのに気付くのに数秒かかった。

（もっと他にやり方があるよね⁉）

文句を言おうにも、水の中では声を出すことはできない。私はかれこれ二十秒ほど洗われて、漸く解放された。

「かはっ。……ごのぐぞどがげぇぇえええ」

風の刃を幾つも作りだし、私は自称竜に叩きつけた。

「うわぁっ、あっぶねぇ！」

風の刃は自称竜に直撃したが、傷一つつけることができない。この防御力。どうやらコイツは、本物の竜らしい。

「ちっ、もっと殺傷能力の高い魔法にするべきだったか……」

「物騒過ぎるガキだな！」

「幼児は丁重に扱うのが、世界の常識だろうが！」

「誰が幼児だ？　それにしては……なんか変じゃね？」

「知らんわ！」

私は竜を蹴り飛ばす。

しかし、鉄よりも堅い鱗に弾かれ、痛みで蹲《うずくま》った。

「うぉっ、いっつつたぁい……」

「何を遊んでいるんだ。まったく……洗ってやったんだから、感謝しろよ？」

私の身体から、キンバリーベアの臭いは完全になくなっていた。でも、水に濡れて髪も身体もびしょびしょだ。

（……水魔法で洗浄できるのなら、乾燥も魔法でできるかな？）

試しに水を蒸発させるイメージを思い浮かべながら魔力を操ると、服や髪が乾いた。

私が思っているよりも、魔法は自由度が高いらしい。これなら、日常生活をより豊かにできるだろうと、胸が高鳴る。

（ぐふふ、前世の快適生活を手に入れることだって不可能じゃないね！）

私は竜を見上げると、ぺちぺちと彼の身体を叩いた。

「ありがとう。でも、洗うなら乾燥も一緒にしてよ。中途半端だし」

「オレは水竜だから、水属性の魔法しか使えねーんだ。仕方ねーだろ」

「ということは、ゲロ掃除もちゃんとできないのか。……ポンコツ駄竜」

「このクソガキ！」

私は竜に呆れつつ、森を燃やさないように注意しながら火魔法を展開する。気温を上げて氷を溶かすのだ。

氷は熱であっけなく溶け、元の豊かな緑の風景に戻った。

「これで、とりあえず大丈夫かな」

「お前、本当に人族か？　まるでポルネリウスみたいだな」

「お爺ちゃんを知っているの？」

私は首を傾げ、竜に問いかけた。

「お爺ちゃん⁉　お前、ポルネリウスの孫なのか⁉　いつの間に孫が……そもそも、子どもが生まれていたのも知らねーぞ。オレが修行に夢中なうちに、五十年ぐらい経っていたのか？　てか、嫁は誰だ。まさか……ババアか？」

「期待に応えられなくて悪いけど、私とお爺ちゃんは血は繋がっていないよ」

私は生後間もない時に、この家の前に捨てられていたそうだ。

だから、今生の親を私は何一つ知らない。名前はお爺ちゃんが直感で決めたらしいけど。

「な、なんだ。そうか……焦ったぜ。つーか、ポルネリウスの孫なら、お前はオレの舎弟だな」

「はっ、それはないわ」

「このガキ……」

竜の口から白い冷気が出始めた。

またゲロを吐きそうな竜に呆れつつ、私は背筋を伸ばして自分の胸を叩いた。

「私の名前はカナデ。種族は人族だよ」

お爺ちゃんの知り合いなら、駄竜でも最低限の自己紹介をしなくてはならないだろう。

「オレは竜族のアイルだ。よろしくな。……そういえば、カナデはどうしてひとりでこんな所にいるんだ？」

「ひとりで狩りをしていたの。そしたら盛大に魔物の返り血浴びてね。泉で返り血落としていたんだよ」

「そんじゃ、今から家に帰るところか。それなら、乗せて行ってやるよ」

「……え、別にいいよ」

なんか、アイルは荒い飛行しそうだし。余計な気遣いノーサンキュー。

「遠慮すんな！　竜の背に乗れるんだぜ？　人族なら一生自慢できるぜ」

「……分かったよ」

私は飛行魔法を使い、渋々アイルの背に乗った。

「行くぜ！」

「うわぁぁあああああ」

砂埃《すなぼこり》を舞い上げながらアイルは飛び立った。私が飛行魔法で飛ぶよりも、ずっとずっと高くアイルは空を駆け上がる。

その際に激しい揺れが起こり、私は咄嗟にアイルの鬣《たてがみ》を掴んだ。ハゲろと内心で毒づきながら強く引っ張るが鬣は抜けない。竜の毛根は恐ろしいほど強いらしく、ビクともしない。

「おら、見てみろよ、カナデ！」

「何を――」

私は思わず言葉を失ってしまう。上空から見下ろす景色は、とても綺麗だった。

鮮やかな新緑の森の先には、小さな町がぽつぽつとある。長い道の先、地平線近くには、白亜の城がそびえ立っている。

（……すごい。まるで映画の中に入り込んだみたい……！）

ビルやコンクリートの一つもない景色は、私の目にはとても新鮮に映る。こんな美しい世界に私は生きているのかと、胸の奥がじんと熱くなった。

しかしそれも長くは続かない。

「降りるぞー」

「ちょっ、景色ぐらいゆっくり楽しませろやぁぁあああ！」

駄竜は気遣いができなかった。

（絶対にこの竜はモテない。断言できるよ……！）

アイルの鱗は氷みたいに冷たく、身体は岩みたいに固い。しかも、運転は荒々しく、ジェットコースターのような浮遊感に私は何度も襲われた。

竜の乗り心地は最悪だ。もう絶対に乗らない。私は心に誓った。

「カナデ、心配したぞぉぉおおお！」

アイルが我が家の庭に下り立つと、お爺ちゃんが涙を流しながら駆け寄って来た。

「ただいま、お爺ちゃん」

「怪我はないか？　森から轟音やら、アホみたいな咆哮やらが聞こえて心配だったのじゃ」

「大丈夫、無事だよ。出会いがしらアイルに氷のブレス吹きかけられたけど……」

「ほう……。久しぶりに来たかと思えば、儂の可愛い孫にお前の汚らしいブレスを吹きかけたのか、アイル」

お爺ちゃんが滅茶苦茶怒っている。アイルとお爺ちゃんが親しいのは本当みたいだ。

「カナデを危ない目に遭わせたのですか……万死に値しますね」

「あ、タナカさん！」

白銀の体毛を持つユニコーン、タナカさんが優雅な動作で私たちの元へとやって来た。

タナカさんはお爺ちゃんの友人で、私が赤ちゃんの頃から世話を焼いてくれている。頼れるお兄さんって感じだ。

（……まあ、タナカさんは人族じゃなくて神獣族っていう種族なんだけどね）

「女の子を虐めるなんて許せないわ、アイルのくせに」

頬に手を当てながら、パステルグリーンの髪にオレンジの瞳の美少女が溜息を吐いた。

彼女は人化しているが、本性は妖精族だ。私はティッタお姉ちゃんと呼んでいる。

「タナカさん、ティッタお姉ちゃん来ていたの？」

「ええ。カナデが初めて狩りをするというのは、ポルネリウスに聞いていましたから」

「でも、こんなに早く狩りに出かけるなんて思いもしなかったわ。おかげでカナデちゃんの勇姿を見ることができなかったの。ポルネリウスったら、酷いわよ」

「すまんな、ティッタ。まあ、それは置いといて、この馬鹿竜をどうするかじゃが……」

お爺ちゃんとタナカさん、そしてティッタお姉ちゃんがジトッとした目でアイルを見た。

「おいおい。殺気がやばいぜ……」

アイルは冷や汗をかきながら、ジリジリと後退していく。

不穏な空気を察した私は、とりあえずタナカさんの後ろに隠れる。

「わたくしの妹を危険な目に遭わせた罪を贖《あがな》ってもらうわよ！」

「いや……妹って、カナデと何千歳……いや、何億歳が離れていると思ってんだよ。ババアのくせに——」

「死にたいようね、アイル？」

「うわ、ぎゃぁぁあああああああ」


アイルは爆発した。

……もちろん、そのままの意味で。


肉の焦げるなんとも言えない香りが辺りに充満するが、私とお爺ちゃんとタナカさんは気づかないふりをした。

「カナデ、どの魔物を狩ったんじゃ？」

「キンバリーベアだよ！」

私は得意げに胸を反らした。

「さすが、儂の孫じゃ！　最初の狩りで上級魔物を狩ってくるとは、儂も鼻が高いぞ」

「頑張ったカナデには、ご褒美をあげなくてはいけませんね。王都でケーキを買ってきたので一緒に食べましょう」

「タナカさん、ありがとー！　大好きー！」

私はつるふかのタナカさんの背中に頬ずりした。

「せっかくカナデがキンバリーベアを狩ってきたんじゃ。夕飯はハンバーグがいいのう。タナカ、作ってくれ」

「何故、私が作らなくてはならないのですか……」

「ちょっと、ポルネリウス。わたくしを差し置いてタナカに料理を作ってもらうなんて……浮気ね！　許さないわ！」

ティッタお姉ちゃんの魔力が揺れる。このままでは、攻撃魔法の一発でも飛んでくるだろう。

しかし、お爺ちゃんは焦ることなく笑っている。

「ティッタの淹れるお茶が、儂はこの世で一番好きじゃ」

「まあ！　照れちゃうわ、ポルネリウス」

ティッタお姉ちゃんは顔を真っ赤にさせた。

（いや、それってティッタお姉ちゃんの料理はおいしくないって意味だよね……？）

まあ、お爺ちゃんとティッタお姉ちゃんの仲は気にしても仕方ない。ふたりは相思相愛だけど、一歩引いているところがある。

私はお爺ちゃんのローブの裾をくいっと引っ張った。

「夕食はハンバーグだけど、先にケーキだよ！」

「この間、教え子にもらった王室御用達の茶葉がまだあったはずじゃ」

「まあ、楽しみね！」

私は庭に転がる、黒い塊（竜）を見ないようにしつつ、お爺ちゃんたちと家に戻った。

――ティッタお姉ちゃんに年齢ネタは振らないように注意しよう。

私はそう固く決意した。


ダイニングでは、私の初めてのひとり狩りデビューを祝って、御茶会が開かれていた。

御茶会といっても最初だけで、ティッタお姉ちゃんとお爺ちゃん、そしてアイルはお茶がなくなると酒を飲み始めた。酔っ払った今は、庭で仲良く魔法をぶっ放して遊んでいる。

「どうしたんですか、カナデ。そんなにこのケーキが気に入りました？」

ケーキを頬張っていると、タナカさんが微笑みながら私の口元のクリームを拭う。

今のタナカさんは人化しているので、ユニコーンの時よりも表情が分かりやすい。出会った頃の

ツンとした態度が、嘘のように優しげだ。

「とってもおいしいよ！　特にこのキャラメルクリーム。ちょっぴり入っている塩が、甘さを引き立てているね」

「それは買ってきた甲斐がありましたね」

「うん。私ね……今がすごく幸せ！」

私が前世の家族が恋しいと泣いたことがないのは、お爺ちゃんやタナカさんたちがいてくれるからだ。魔法とか種族とか、今までの価値観がひっくり返るような世界だけど、私は『カナデ』である自分を受け入れることができた。

（ずっと、ずっと皆と一緒にいれたらいいな）

この小さな幸福が永遠に続けばいい。

そう思うのに、現実は無慈悲で、運命は突然大切なものを奪っていくのだ――

三・終焉《しゅうえん》への旅立ち

その日は私が六歳になった頃にやって来た。


天気の良い昼下がり。

いつものように魔法の訓練を終えた後、まるで挨拶をするかのように気軽な口調でお爺ちゃんは言った。

「カナデ。今から旅行に出かけるぞ！」

「え……？　絶対に今思いついたでしょう、お爺ちゃん」

「思い立ったらすぐに行動。それが旅人の心得じゃ！」

腕を組み、お爺ちゃんは意味深な顔で呟く。

生まれてからずっと破天荒な行動に振り回されてきた私は、顰めっ面でお爺ちゃんのローブを掴んで揺らした。

「無計画なだけだよ。目的地は？　交通手段は？　お金はちゃんと用意しているの？　行き当たりばったりの家族旅行は、負の思い出しか残らないからね！　そして離婚のきっかけに……」

「なんじゃ、カナデ。子どもらしく、はしゃいだらどうじゃ？」

「お爺ちゃんが破天荒なのがいけないんだよ！　だいたいお爺ちゃんはいつも――」

「カナデ。最近タナカに似てきたのう。……まあ、そう言うな。なんと、じーじお勧めの大陸を超えた、世界の秘境旅行じゃぞ！」

「……秘境⁉」

ゴクリと私の喉が鳴る。

異世界旅行というだけで驚きの連続になるだろうに、その中でも秘境と言われる場所へ行く。

私の心が惹かれない訳がない。

「交通費なら安心せい。こんな時こそ魔法の出番じゃ。金いらずで、目的地までスイスイっと行くぞ」

「さすがお爺ちゃんシビれるぅ！　よっ、伝説の魔法使い！」

「タナカたちも途中で合流するぞ？」

「行く！」

タナカさんがいるのなら安心だ。何があってもお爺ちゃんを制御してくれるだろう。

（旅行楽しみ！　……あれ？　そういえば、魔の森の外に出るのって、私は生まれて初めてじゃなかった……？　まあ、いいか）

私は訓練で汚れたローブを着替えると、お爺ちゃんと共に異世界の秘境旅行へと出かけるのだった。


転移魔法独特の浮遊感を感じた後、目を開けばすべてが変わっていた。

少し寒さを感じるが、澄んだ空気が身体を包み、日の光が辺りを満遍なく照らしている。

周りを見れば、木々の生い茂る森から一変。白亜の建物に囲まれた、美しい石造りの町が広がっていた。

「な、な、な、何ここ～！」

私は童心に返り、本能の赴くまま駆け出した。

「すごい、すごいよ！　ヨーロッパみたい！」

白亜の建物は汚れもなく、木々も綺麗に整えられている。まるで観光地のようだ。

しかし、一つ疑問がある。この町並みからは一切生活感が感じられない。

「カナデ、儂の目が届く範囲から離れるでないぞ！」

お爺ちゃんの警告を無視し、私は町の奥へと進む。初めての外出ということもあり、浮かれていたのかもしれない。

「あ、風車もある！　すごく大きいなぁ。もっと近くで見よう！」

私は手近な壁を乗り越え、風車のある方向へ向かおうとする。しかし、壁を乗り越えた先には何もなく、私は真っ逆さまに落ちる。

「え……えぇぇぇぇぇぇ!?」

上を見上げれば、先ほどの白亜の建造物がある島が見えた。そして眼下には緑地が広がっている。

――空から落下していると気づくのに、さほど時間はかからなかった。

「パラシュートなしのスカイダイビングとか、そんなスリル求めていないからぁぁああ！」

「………まったく、侵入者の気配を感じたと思ったら。何をやっているのですか、カナデ」

「タナカさん！」

ユニコーン姿のタナカさんが、落下する私を難なく受け止めた。そしてそのまま天を駆け、空に浮かぶ石造りの町へと戻っていく。

「カナデ、じーじの言いつけを破るでない！」

「お爺ちゃん、ごめんなさい」

町に戻るとお爺ちゃんが物凄い形相で私を叱りつけた。

自分でもちょっと調子に乗りすぎていたなと思い、私は素直にお爺ちゃんのお叱りを受ける。

「……それで？　浮遊島に何の用ですか、ポルネリウス」

「タナカ、旅行に行くぞ！」

お爺ちゃんがびしっと言うと、タナカさんは深い溜息を吐いた。

「……貴方はどうしてそう突飛《とっぴ》な行動を……。せめて、事前に言ってください」

「え、お爺ちゃん、タナカさんに事前に旅行のこと伝えていたんじゃないの⁉」

「な、なんのことじゃろなぁ」

あれほど無計画な旅行はダメだと言ったのに、お爺ちゃんはやはり本能の赴くままに行動したらしい。

「私はこれでも忙しいのです。分かっていますよね、ポルネリウス」

「なんじゃ、カナデの初めての旅行に同行しなくてよいのか？」

「カナデに旅行はまだ早いでしょう」

タナカさんは眉間に皺を寄せた。

（私はどこからどう見てもしっかり者なのに。タナカさんは過保護だよね）

「儂とお前がいれば平気じゃろう。先のことも考えて、カナデはそろそろ外の世界と自分の価値を知るべきじゃ」

「……はぁ、分かりました。もう時間は残されていないのですね」

タナカさんはそう言うと、人化の魔法を使い、白銀の髪に金色の瞳の紳士へと姿を変えた。

そして私の目線に合わせてしゃがむと、大きな手で私の頬を包み込む。そして、こてんと私の額と自分の額をくっつけた。

「カナデ。何があっても、貴女のことは私が守ります」

「ええっと、よく分からないけど……私も、タナカさんを守れるぐらい強くなるよ。今の時代、守られるだけの女じゃダメだからね！　目指せ、稼いで戦えるキャリアウーマン！」

「……頼もしいですね」

なんだろう。今日は少し、お爺ちゃんもタナカさんも変だ。

私は雰囲気を変えたくて、タナカさんの服を引っ張った。

「ねえ！　ここって、タナカさんの家がある場所なの？」

「ここは浮遊島ですよ、カナデ。神獣の住まう空中都市と言えば良いでしょうか？」

「空中都市⁉　確かに空に浮いていたけど」

私はきょろきょろと辺りを見渡す。しかし、私たち以外の生き物の気配はない。

「……タナカさん以外の神獣は？」

「神獣族は全部で十三柱しかいません。それに個人主義なので、浮遊島に拠点を置いていない神獣族の方が多いです。今日はここに私以外の神獣はいませんね」

どうやら、神獣族の数え方は匹でも人でもなく、『柱』らしい。

「十三柱しかいないってことは、神獣族は滅亡の危機なの？」

「いいえ。私たちは決まって十三柱しか生まれないのですよ。それ以上にもそれ以下にもならない。それが……この世界の理《ことわり》ですからね」

「……世界の理……？」

「ええ。カナデも近いうちに……その一端を知ることになるでしょうね。そして、もしかしたら……理のすべてを知ることになるかもしれません」

タナカさんはそう言うと私を抱き上げる。

辺りの魔力濃度が高まった。

「ほら、ポルネリウス。行きますよ」

「ティッタとアイルを回収する前に、カナデにお菓子を買ってやりたいんじゃが、良いか？」

「はいはい。場所は空の国の王都でいいですね」


一瞬の浮遊感の後、景色はまた反転する。

今度は、賑やかな喧噪《けんそう》の中に私たちはいた。

「うわぁぁああ！　私とお爺ちゃん以外の人がいっぱいいるよ！」

そこは賑やかな市場だった。色とりどりのテントが張られ、様々な商品が売られている。

見慣れない果物や、可愛い洋服、つり下げられている魔物の肉や魚。それらを私はお上りさん丸出しで、ジロジロと見てしまう。

しかし、何より私の関心を向けたのは人々の髪や瞳だった。

「なんか……みんな派手な外見なんだけど⁉」

人の顔立ちは西洋風な人が多いが、私の常識の範囲内だった。

だが、髪色と瞳の色は違う。私と同じ黒髪なんて一人もいない。

赤や青、緑、黄色からピンクまで、前世の常識ではあり得ない奇抜な色を宿した人々が、普通な顔をして歩いているのだ。

（……これが異世界人……！）

タナカさんたちの人化姿の髪色や瞳の色が派手なのは本来の姿じゃないからだと思っていたが、どうやら違うらしい。このアニメのような色彩こそが、この世界の常識のようだ。

「黒髪はとても珍しいんじゃ」

「カナデ。目立たないようにフードを被りましょう」

「うん」

黒髪なんて地味で目立たないと思うが、私はタナカさんに言われた通り、大人しくローブのフードを目深に被った。

（まあ、前世でも地域によって髪色が違ったし。この辺りじゃ、黒髪は少ないんだろうな）

私はお爺ちゃんとタナカさんと手を繋ぎながら、露店を練り歩く。

「あ、お爺ちゃん。私、あそこに売っている飴と、あっちに売っている揚げパン食べたい！」

「そうかそうかぁ～。待っておれ、じーじがすぐに買ってきてやるからのう」

お爺ちゃんはそう言うと、財布を持って露店へ行こうとする。

しかしそれは、タナカさんがお爺ちゃんの首根っこを掴んだことで止められてしまう。

「ぐぇぇぇえ。……老人虐待じゃぞ、タナカ！」

「待ちなさい、ポルネリウス。孫可愛さに鼻の下を伸ばすのは構いませんが、当初の目的を忘れています」

タナカさんはお爺ちゃんから財布を奪い取ると、私へと渡した。

「カナデ。私と一緒にお菓子を買いましょう。そして、お金の使い方を覚えてもらいます」

「お金の使い方？」

「魔族領は紙幣ですが、人族領では硬貨を使って支払いをします。こちらが銅貨で――」

タナカさんは丁寧にお金の使い方を教えてくれた。

前世でも買い物をしていたので、覚えることはそれほど難しいことではなかった。


私は飴一個分の硬貨を財布から取ると、露店へと小走りで向かう。

「おじさん、飴を一個くださいな！」

私が可愛く首を傾《かし》げると、飴を売っている店主は微笑ましそうな顔をする。

「可愛いお嬢ちゃんだな。よっし、もう一個おまけしてやろう」

「わーい！　おじさん、ありがとー」

（ふっ、計画通り）

私は内心でほくそ笑むが、店主には悟られないように飴を受け取る。

平凡顔の私だが、幼い子どもならば可愛がってもらえることを前世の経験から知っていた。

子どもであって子どもではない私は、ずる賢く世渡り上手なのだ。小悪魔系女子といっても過言ではない。

「タナカさん、ちゃんと買えたよ！」

「偉いですね、カナデ」

「えへへ！　次は揚げパン買ってくるー」

そう言って駆け出した私を、タナカさんはひょいっと抱き上げた。

「いいえ。飴をおまけしてもらったのなら、揚げパンは必要ないですね。あまりお菓子ばかり食べては、カナデの発育に悪いでしょう。人族は栄養に偏《かたよ》りがある食事は好ましくないと育児本に書いてありました」

「え……私の揚げパン……」

タナカさんはそのままスタスタと歩き、露店が遠ざかっていく。

……完全に計画倒れだよ！

お爺ちゃんとタナカさんと次にやって来たのは、一面赤い砂で埋め尽くされた何もない砂漠だった。どうやら、ここに馬鹿竜のアイルがいるらしい。

ジリジリと肌を焦がすような強烈な熱気に、私はげんなりする。

「……灼熱地獄だよ。こんなところに本当にアイルがいるの……？」

「そのはずじゃな。なんでも、修行のためにサラマンダー狩りをすると言っておった」

「あの子はまだ生まれて数百年の年若い竜ですからね。血気盛んなのは仕方ありませんが、強くなることしか頭にないのはどうかと思います」

「……アイルって私よりも年上だったんだ」

衝撃の事実に私は苦笑いする。

暑さに耐えきれず、お爺ちゃんとタナカさんの影に隠れようとしていると、砂の下からドドドドッと何かが蠢く音がした。

不審に思ってじっと砂を見ていると、突然砂が盛り上がり、そこから体長一メートルほどの赤いトカゲが危機迫る様子で這い出てくる。

「うっひゃぁぁああ！　トカゲ、きもい！」

「大丈夫ですか、カナデ」

驚いて尻餅をつきそうになった私を、タナカさんが受け止めてくれた。

「待てコラァァア、サラマンダー！」

遠くからアイルの声が聞こえた。

うんざりした目でその方向を見ると、絵具をぶちまけたような真っ青な髪に、瑠璃色の瞳のガッチリとした体格を持つ青年が、全力疾走でこちらへと向かってきていた。

（……人化した顔はイケメンなのに、中身が小学生男子じゃ百年の恋も冷める……っていうか、始まりもしないよ）

隣を見ると、タナカさんもお爺ちゃんも呆れた目でアイルを見ていた。

「おっ、ナッさんにポルネリウスにカナデじゃねーか。もしかして、お前たちもサラマンダー狩りに来たのか？」

ナッさんとはタナカさんの愛称だ。というか、『タナカ』も愛称らしく、本当の名前はお爺ちゃんすら知らないらしい。

「そんな訳がないじゃろう」

「カナデ、どっちが多くサラマンダーを狩れるか勝負しようぜ」

「アイル！　カナデにそんな野蛮な遊びを教えるんじゃありません！」

「すっげぇー楽しいのになぁ」

アイルは口を尖《とが》らせて抗議するが、タナカさんは頑として譲らなかった。

私としても、サラマンダー狩りには微塵も興味が持てないので、タナカさんが突っぱねてくれて大変助かる。

「サラマンダー狩りもいいが、旅行へ行かぬか、アイル」

「旅行？　……ああ、なるほどな」

アイルはちらりと私を見ると、すぐにお爺ちゃんへ視線を戻した。

「いいぜ。まずはこの火の砂漠で遊ぶか、カナデ」

「火の砂漠……？」

疑問符を浮かべる私のことを無視して、アイルは私の足を掴んだ。

そして遠心力を利用してぐるぐる回すと、思い切り私をぶん投げた。

「ほーれ、高い高いだ！」

「この馬鹿竜がぁぁあああ！」

私は綺麗な放物線を描き、何百メートルも先へと飛ばされる。

さすが脳筋馬鹿の駄竜。力と容赦のなさは一級品だ。

ズボッと情けない音を立てながら、私は砂の中に埋まった。

「あははっ、足の先まで埋まってやんの！」

遠くでアイルの高笑いが聞こえた。

（言っておくけど、空中で咄嗟に万能結界を展開しなかったら、か弱い幼児の私は怪我をしていたかもしれないんだからね……！）

怒りが心の奥底から沸き上がり、私は身体を震わせる。

素早く砂の中から脱出すると、短距離転移を展開してアイルの目の前に立った。

「アイルめ……今日こそ……竜の活け造りにしてやる……！」

「はぁ？　イケヅクリってなんだ？」

「生きたまま捌《さば》いて、生首ごと皿に盛ってやるってことだよ！」

「そこまでです」

私が攻撃魔法を展開しようとすると、ローブごとひょいっとタナカさんに持ち上げられた。母猫に首根っこを咥《くわ》えられる子猫のように、私はぷらーんと不安定に宙づりになる。

「ふたりが喧嘩をすると砂漠が割れますから」

「そうじゃぞ。今日は楽しい旅行なんじゃからな。次に行くぞ！」

その後、お爺ちゃんの転移魔法を使い、私はいろいろな場所へ行った。

大きな湖に囲まれた幻想的な水の国や、美しい氷の彫像が至る所に飾られている芸術に造詣の深い雪の国、だだっ広い草原に、金色に輝く海など、それはそれは美しいものだった。

「世界ってこーんなに広くておもしろいんだね！」

初めて見るものばかりで、私の胸は高鳴ったままだ。

お爺ちゃんは私の頭を優しく撫でると、くしゃっと笑った。

「そうじゃろう。世界は美しい。その一部になれたら、それは幸せなことだのう」

「そうなの？」

「カナデには早すぎる話じゃったの」

お爺ちゃんはぎゅっと私の手を繋いだ。

「そういえば、ババアは旅行に参加しねーのか」

「……アイル、ティッタに殺されますよ」

タナカさんが呆れた口調で言うと、アイルはビクリッと肩を震わせた。

「しかし、おかしいのう。ティッタの好きな場所ばかり行ったが、一向に会えなかった」

「ポルネリウス。……一つ、行っていない場所があるでしょう。貴方とティッタの出会いの場所です」

「では行くか。旅の終着点には相応しい場所じゃ」

お爺ちゃんはそう言うと、再び転移魔法を使う。

なんとなく暗い雰囲気を感じ、気になった私はお爺ちゃんを見上げる。しかし、身長差があってお爺ちゃんの表情を見ることはできない。

繋いだ手は氷のように冷たかった。

旅の終着点。そこはすべてが灰色の世界だった。

空も大地も木も石ころも、全部が灰色一色。暗く重苦しいその雰囲気に私は気圧《けお》された。

「……全部灰色だね」

「ここは『世界の最果て』です。魔素も精霊族も存在しない、世界の理から外れた場所です」

恐ろしい場所だと私は思った。また、同時にお爺ちゃんが何故ここを旅の終着点に選んだのか、疑問が浮かぶ。

「ティッタ。ここにいたのか」

「………ポルネリウス、来たの」

灰色の泉の畔《ほとり》にティッタお姉ちゃんは佇《たたず》んでいた。

灰色の世界にぽつりと淡い若草色を纏うティッタお姉ちゃんは、今にも灰色に塗りつぶされてしまいそうなほど儚く見える。

「ティッタお姉ちゃん……?」

ティッタお姉ちゃんは憂いを帯びた表情で灰色の水面《みなも》を見つめる。

明るく過激ないつものティッタお姉ちゃんとは違う様子に、私は困惑した。

タナカさんとアイルを見れば、沈痛な面持ちで下を向いている。反対にお爺ちゃんは、晴れやかな顔で微笑んでいた。

「……みんなどうしたの……?」

「……まだカナデちゃんに話していないのね、ポルネリウス！　タナカ、貴方が傍にいるのにどういうこと！」

ティッタお姉ちゃんは怒りを露わにするが、その瞳は濡れている。

お爺ちゃんはティッタお姉ちゃんのところに行くと、そっと彼女の頭を撫でた。

「……ティッタ。許しておくれ」

「許せるはずないじゃない！」

「儂のことは嫌いになったじゃろうが……」

「嫌いになれたらどんなに楽だと思っているの！　……好きだから……ポルネリウスのことが好きだから、わたくしは怒っているのよ！」

ティッタお姉ちゃんはドンドンとお爺ちゃんの胸を叩く。

お爺ちゃんはそれを黙って受け止めた。

「……最初から結ばれないことは理解していたわ。でも……貴方と別れる覚悟はまだ……」

「すまんな、ティッタ。だが、儂の魂はもう限界なんじゃ」

皆の様子から、尋常じゃない何かが起こっていることは察せられた。

しかし、私は何も知らない。

「言わなくてはならないことがあるんじゃ」

お爺ちゃんがティッタお姉ちゃんを抱き留めながら、私へと顔を向ける。

（お願い、言わないで。知りたくない……知りたくないよ！）

今からお爺ちゃんが紡ぐ言葉はきっと、私の小さな幸せを破壊するものだ。

目を閉じて耳を塞ぎたいのに、私の身体は硬直し、指一つ動かない。

「カナデ。儂はな……三日後に死ぬ」

その言葉を聞いた瞬間、私の目の前はすべてを消し去る漆黒に染まった――


この世界の人族の平均寿命は、平均六十歳程度だ。寿命は肉体の老化や病気、事故などで尽きるイメージが強い。普通の人族であればそれで間違いはないが、お爺ちゃんのようなごく一握りの天才は違った。

魔力が多ければ老化は遅いし、魔法を極めれば肉体を若返らせることは容易《たやす》い。それだけ聞けば不老不死にもなれるような気がするが、人族が魔法によって延ばすことができたのは身体の寿命だけだった。心の寿命を延ばす技術は未だに発見されていない。

どこかの国にいる聖女様は長命種と融合することで長く生きているらしいが、百年ごとに人格や記憶がリセットされているため、人族としては何度も死んでいることになるだろう。

そしてお爺ちゃんはもう百八十年以上生きていて、心がすり減り、生きていることを苦痛に感じているらしい。もう限界はとっくに超えていたのだ。

秘境旅行から帰った後、タナカさんが教えてくれた。

「……どうしてお爺ちゃんは死にたいと思ったの？」

お爺ちゃんほどの魔法使いになると、老化も自由自在らしく、怪我などをしない限り死ぬことはない。

しかし、お爺ちゃんは死を選んだ。

純粋にそのことを疑問に思った私はタナカさんに聞かずにはいられなかった。

「自分の愛した人族たちが死に逝《ゆ》き、その子孫たちも自分より早く死んでいくことに耐えられなかったのでしょう」

「……タナカさんたちがいるのに？」

「私たちだって、不死ではありません。だから、もし私たちが先に死ぬことがあったら耐えられないと思ったのでしょう。それに……」

「それに？」

「人族の家族や仲間に置いていかれ続けたポルネリウスは、カナデという人族の家族に看取られるという幸せを最後に望んだのでしょう。……本当に人族の命は儚い。最後には私を置いていってしまうのだから……」

タナカさんの悔しそうな顔が、私の心に酷く焼きついたのだった。


今日はお爺ちゃんが死ぬと宣言した日だ。

秘境旅行の後から、お爺ちゃんは不自然なほど普通に生活していた。

「お爺ちゃん、今日の晩御飯は何？」

「今日はご馳走じゃぞ」

お爺ちゃんは本当に今日死ぬのだろうか？

今も信じられない。

しかし、食卓の上におかれたケーキのチョコプレートに『天才魔法使いポルネリウスの命日記念』と書かれていた。自己主張が激しい。

「……お爺ちゃん、本当に死んじゃうんだね。もしかして、私がお爺ちゃんの孫になったから……」

「それは違うぞ！　カナデを孫にする前、儂はすごーく死にたかったのだ。だがな、カナデを見た瞬間、この子は儂が守らねばならんと思った。もう少しだけ生きてみようと心に誓ったのじゃ」

お爺ちゃんは私の頭をポンポンと撫でた。

「心配しなくても大丈夫じゃ。カナデにはタナカたちがついておる。それに、儂の教え子にもカナデのことを頼んだ。どんな道を選ぼうと、じーじはカナデの味方じゃ」

「当たり前です。私がカナデを守ります」

突然の声に驚いて振り向けば、人化したタナカさんとアイルが共に佇んでいた。その後ろにはティッタお姉ちゃんが目を赤く腫れさせながら隠れている。

「タナカさん！　ティッタお姉ちゃん！　……あと、ついでにアイル」

「ついでは余計だ、バカナデ！」

「うるさい、アホ竜！」

私はアイルに飛び乗ると、引きちぎらんばかりの勢いで彼の頬を引っ張った。

しかし、見た目は人族でも中身は竜族だ。私の攻撃を受けてもアイルはけろりとしている。

「……ぐぬぬ」

「悔しかったらオレより強くなることだな！」

「……こうなったら内部から爆散させて……」

「お？　戦うか！」

「外はもう暗いんですから、止めなさい、アイル」

タナカさんはアイルの後頭部を軽く叩くと、お爺ちゃんへワインボトルを渡した。

「……餞別です。今日は飲み明かしますよ。嫌とは言わせません、ポルネリウス」

「そうじゃな。久々にたっぷり飲むかの。ティッタも酒を飲むじゃろう？」

「……飲む」

私たちは席に座ると、グラスに飲み物を注いでいく。タナカさんたちはお酒だが、幼児の私はもちろんオレンジジュースだ。

「乾杯じゃの！」

「何に対してですか？」

「ポルネリウスの門出を祝って……とかじゃねーか？」

お爺ちゃんはいつも通りのペースでお酒を飲み、タナカさんとアイルはかなりハイペースで飲んでいる。

いつも豪快にお酒を飲むティッタお姉ちゃんは珍しく、ちびちびとお酒を口に含んでいた。

私はできるだけ普段通りを心がけ、オレンジジュースを一気に呷る。

「ぷっはぁぁああ。うまい、もう一杯！」

「よい飲みっぷりじゃのぉー」

お爺ちゃんは軽快に笑いながら私にお酌をしてくれた。……中身はオレンジジュースだけれども。

「ねえ、ポルネリウス。貴方にとって死は何？　わたくしを置いていってもよいと思えるほどのものなの？」

ずっと黙っていたティッタお姉ちゃんが、お爺ちゃんの目を見ながら呟いた。

お爺ちゃんは朗らかな顔で微笑む。

「死は儂にとって救いじゃ。新しい旅立ちとも言えるかのう」

死にたいと思う気持ちが私には分からない。

前世で死を経験しているとは思うが、それは私の記憶にないため他人事のように感じてしまうのだ。

(でも、そうか。新しい旅立ちなら、応援しなくちゃいけないよね)

苦しいと思いながら生きることはきっと辛いことだと思う。

お爺ちゃんがいなくなることはとても寂しい。

だけど、天国にいるお爺ちゃんの残したものを守っていけたら、きっと前に進める。

「私、お爺ちゃんの墓守になるね！　命日には必ずお酒を供えるよ。だからね、お爺ちゃん。空の上から私たちのことを見守っていてね」

「そうじゃな。ずっとカナデをじーじは見守っているぞ」

「うん、絶対だよ！」

人族の魔法技術の発展に多大な功績を残した伝説の魔法使いポルネリウスの最後の晩餐は、深夜まで続くのだった――


「……ん。眠っていた……？」

幼児の身体では遅くまで起きていられなかったらしく、私は空が白み始めた早朝に目を覚ました。

私は無理矢理意識を覚醒させると、辺りを見渡した。肩には毛布がかけてあるが、ダイニングには私以外誰もいない。

「あ、ああ、お爺ちゃんは⁉」

そのことに焦った私は勢いよくダイニングを飛び出すと、すぐさまお爺ちゃんの私室へと向かう。

（この胸騒ぎは何……？　それに、今までに経験したことがないぐらい濃密な魔力の気配がする）

心臓のバクバクとした音は、鼓膜をうるさいほど響かせる。

そして私はノックもせずにお爺ちゃんの私室の扉を開け放った。

「お……じい、ちゃ……ん……？」

私はただ呆然と立ち尽くす。

部屋の中は赤や青など様々な色の光玉が浮かび上がっていた。それらの光玉は混じり合い、天へと上り虹色の光を生み出していた。

光玉はお爺ちゃんの身体から溢れていて、徐々に肉体が消えていく。

「……何、これ……？　やめて……やめてよ……お爺ちゃんを連れて行かないでよ‼」

私は捕まえようと手を伸ばすが、光玉が実体を持たないため掴むことができない。

それでも諦められなくて、私は何度も手を伸ばす。

「カナデっ！　もう止めてください」

「でもタナカさん……お爺ちゃんが……お爺ちゃんが消えちゃうよ……！」

タナカさんは震える手で私を抱きしめた。

「……魔物以外の生物は、死したら魔素へと還るのが定めです」

「魔素……？　もしかして、この光玉のこと？　消えるって……骨は？　魂は？」

「……すべて残らず分解され、魔素へと還ります。それがこの世界の理ですから」

魔素とはこの世界を構成する原子だと、お爺ちゃんに魔法使いの基礎として教わったことがある。

しかし、魔素は通常目に見えず、特別な時にしか人族の目には映らないそうだ。

（今が……特別な時だっていうの……？）

私の頬にはとめどなく涙が流れ、喉が張り付くように痛む。

「理なんて知らないよ！　お爺ちゃん……ずっと私を見守ってくれるって言ったよね。何も残らないなら、墓守なんて必要ない……私はどうやってお爺ちゃんの死を受け入れればいいの……？」

そう呟くと、タナカさんは私を抱きしめる腕の力を強くさせた。

辺りを見れば、アイルは立ったまま涙を流し、ティッタお姉ちゃんはお爺ちゃんの身体が横たわるベッドに上半身を預けて泣き崩れている。

「……お爺ちゃんの嘘つき。こんなの……死は絶対に救いなんかじゃないよ」

前世の地球世界とは違う異世界の死の概念に私は絶望し、同時に強い恐怖を抱く。

お爺ちゃんの身体と魂は昼頃には魔素へとすべて還り、私は異世界に転生して初めて愛する人を亡くした――

四・これが二度目の生きる道

お爺ちゃんが亡くなってからというもの、家の中は火が消えたように、しんと静まりかえっている。タナカさんたちともあれから一度も会っていない。

「……私、本当にひとりになっちゃったんだね」

元々、みんなお爺ちゃんの孫だから私を可愛がってくれていた。

ひとりぼっちの私には価値がないのだろう。だから会いに来てくれないのだ。

「転生六年目にして、ハードな展開だね。まあ、孤独だろうと生きていかなくちゃいけないし」

生きていればお腹が空く。当たり前のことが今は煩わしい。しかし、本能には逆らえない。

私はキッチンへ向かうと、食料庫の扉を開けた。

「うっわぁ……もう何もないよ」

食料庫の中は、食材はもう何も入っていない。あるのは調味料だけだ。

料理の苦手な私は仕方なく、買い物に出かけることにした。


転移魔法を展開し、以前、秘境旅行で訪れた空の国の王都へと降り立つ。

私は辺りをキョロキョロと見渡し、一際《ひときわ》鮮やかな店を発見する。

どうやら青果店のようで、色とりどりのフルーツが山盛りにされていた。あれなら調理なしでも食べることができるだろう。

「すみません、オレンジとリンゴと……あと、これもあるだけください」

私は定番のオレンジとリンゴと、見たことのない紫色のトゲトゲとしたフルーツを指さす。

すると店主のおばさんは困ったように眉を下げた。

「嬢ちゃん。大量に買ってくれるのは嬉しいんだけど、持ち帰れないだろう？」

「あ、ご心配なく」

私はお金をおばさんに渡すと、フルーツを亜空間へとぽいっとしまってみせた。そして得意げに胸をそらす。

「ほらね？」

「……こ、これはたまげたねぇ」

おばさんは目を瞬かせるが、すぐにニッコリと笑顔を見せた。

「それなら、もっと買っていかないかい？　こっちなんて、空の国じゃなかなか手に入らないんだ。

今を逃したら、一生お目にかかれないかもしれないねぇ。甘くておいしいんだけどねぇ」

「ふっ、マダム。丸ごと買いでよろしく！」

私は懐からお爺ちゃんの残した金貨を取り出して支払い、荷物を次々としまった。

そして買い物が終わると、別の通りへと進んでいく。

さっきとは打って変わり、この通りは暗い雰囲気だ。

（……さっきの通りに戻ろうかな）

踵《きびす》を返そうとしていると、一際明るい声が聞こえてきた。

「安いよ、安いよ！」

振り返ると、人の良さそうなおじさんがたくさんの布を売っていた。

（そういえば、新しいシーツが欲しかったんだよね）

私は小走りで店に行くと、真っ白いシーツを手に取った。

「すみません、これをください！」

「あいよ！　お嬢ちゃん、お使いかい？」

「うん」

「そうか！　んじゃ、頑張っている嬢ちゃんにご褒美をあげよう」

おじさんはポケットから何か取り出し、私の手に握らせた。

「わぁ！　キャンディーだ。おじさん、ありがとう！　んふふ、人からもらったキャンディーは蜜のあじー♪」

私は包み紙を取ると、ルビーのように輝くキャンディーを口の中に放り込んだ。甘い香りはするが、舌がビリビリと痛い。こんな刺激の強い飴は初めてだ。

「……あれ……？」

やがてビリビリは舌だけでなく全身に広がり、視界が歪み、真っ白い景色へと変わっていく。

何かに全身を包まれている感覚がして、息も苦しい。

（……だめ……か、も……）

そして昼間なのに強烈な眠気が襲ってきて、私は簡単に意識を手放してしまった――


冷たい何かに肌が触れ合い、体温が奪われる。

寒さに震え身体を動かせば、シャラシャラと手から音が鳴った。

最初はそれらを意識の遠くで感じていたが、意識は徐々に覚醒へと至る。

「ん……なんか寝心地悪い……って、どこなの……？」

「漸く目が覚めたか？」

「だ、誰……？」

優しげな声音なのに、私の背はぞくりと粟立《あわだ》つ。

目を見開き、恐る恐る声の方向を見れば、鉄柵越しに布を売っていたおじさんがいた。

「ただの奴隷商人さ」

「奴隷商人……!?」

驚いて身を引けば、またシャラシャラと音が鳴った。

手首を見れば、大きな魔石のついた頑丈な枷《かせ》が嵌《は》められている。

（やばい、やばい！　私、誘拐されている！　早く逃げなきゃ……）

私は咄嗟に攻撃魔法を展開しようとするが、体内の魔力がぴくりとも反応しない。こんなことは今までなかった。

「あれ？　どうして……どうして⁉」

「魔法が使えないだろう？　お前さんの手を見てみな。その手錠は魔道具でな。魔力を封印する力がある。だから、今のお前は魔法が使えないただの小娘だ」

「ひっ……嫌、嫌、来ないで……」

怯え混乱する私をあざ笑うと、奴隷商人は鉄柵の間から腕を伸ばし、私の髪を一房手に取った。

「本当に見事な黒髪黒目だなぁ。こんなの初めて見たぜ。魔力も持っているし、貴族の落し胤《だね》か何かか？　まあ、今まで扱ってきたどの商品よりも高く売れることは違いねぇ」

私は働き手になる男の子でもないし、年頃の女の子でもない普通の幼児だ。

それなのに、この奴隷商人は私に商品価値を見出しているらしい。

「お前、自分の価値を分かってねーのか？　なら教えてやるよ。魔力は人族の中でも一割の人族しか持っていない、希少価値が高い存在だ。それだけでも高く売れるっつーのに、黒髪黒目なんていうあり得ない容姿まで持っていやがる。下手をすれば国一つ買えるぐらいの値段だろうな」

「違う……違う……私は……私は普通だよ……」

「そう思いたければ思っていればいいさ。まあ、オークションが始まるまで大人しく待っていな」

奴隷商人はいやらしく笑うと、私を残してどこかへ行ってしまった。

緊張の糸が切れた私は、嗚咽《おえつ》を漏らして涙を流す。

「……たす、け、て……」

小さく呟くが、当然、誰も来ない。

助けに来てくれる人を必死に思い浮かべたが、その人はもう世界に還ってしまった。


「……どうして、誰も助けてくれないの……？」


思わず口にしたこの言葉に、私は強烈な既視感を覚えた。

前にもこうして、私は誰かに助けを願った。しかし、それは叶えられなくて……。

「……そうだ。奏は……違う……」

脳内に焼け付くような痛みが奔《はし》る。それと同時に、古いフィルムのような映像が巡った。

罵声、怒号、悲鳴。それらが支配する空間で、私へ鉄の塊が向けられる。それは過去。私が――

相原奏が死ぬ間際の出来事だ。


「そうか……私は…………殺されたんだ」


普通の女子校生だった相原奏は、ある日、理不尽な運命に巻き込まれた。

ただ生きたいと願い、痛みと恐怖に支配されたまま、絶望の中で命を落とした。

忘れていたその事実が、心に重くのし掛かる。

「……ダメ……ダメだよ。忘れなきゃ……忘れなきゃ……」

じくじくと胸の奥が抉られるように疼《うず》き、手足が震えた。

このままだと、私はきっと取り返しのつかないことになる。

本能的にそう思うと、私は丸く蹲り、歯を食いしばる。

「お願い。私が……壊れる前に助けてぇ……！」

嗚咽まじりの声で私は泣き叫んだ。しかし、その声を聞く者はいない。

（もうダメ……私はもう……）

薄れゆく意識の中、諦めて胸の疼きに身を委《ゆだ》ねようとしていると、強い魔力の気配を感じた。それと同時に鉄柵が吹っ飛ばされ、やわらかな白銀の光が私を包み込む。

「カナデ、大丈夫ですか！」

「カナデちゃん、しっかりして！」

「死ぬんじゃねぇ、バカ！」

夢だろうか。目の前には、タナカさんとティッタお姉ちゃん、そしてアイルがいる。もう、私のことなんて忘れているんだと思っていた。

みんなは私を心配した目で見つめ、悔しそうに下唇を噛んでいる。

これはやはり、現実ではないのだろう。都合が良すぎる。私の願望が見せた幻だ。

「……あり、が、と……」

……それでもいい。

だって今度は、私を助けてくれる大切なひとたちがいたから――――


心地よい浮遊感とお日さまの匂いを感じながら、私は緩やかに意識を戻した。

「あれ……？」

「お目覚めですか、カナデ？」

「タナカさん⁉　夢じゃなかったの⁉」

私は俯せになった状態で、タナカさんの背に乗せられ、空を駆けている。落ちないようにぎゅっとタナカさんの背にしがみついた。

「痛いところはないですか？」

「うん、大丈夫だよ。えっとね……助けてくれて……ありがとう」

そうは言うが、私の心臓はドクドクと早い音を立てている。

タナカさんが私を助けてくれた。その事実にどうしようもなく期待しているのだ。

「なかなか会いに行けなくてすみませんでした。私も、ティッタも、アイルも役目が忙しくてカナデに会うことができなかったのです」

「ティッタお姉ちゃんとアイルはどこにいるの？」

きょろきょろと辺りを見回すが、ふたりの姿も魔力の気配もしない。

タナカさんはクスクスとやわらかな声で笑った。

「ちょっと報復に。カナデが気にすることではありませんよ」

「う、うん。分かったよ！　もう忘れた！」

(タナカさんの顔がめちゃくちゃ怖いんですけど！)

私は悪寒に震え、慌てて話題を変える。

「ねーねえ、どうしてタナカさんたちは私を助けてくれたの？」

「そんなことも分からないのですか。種族は違えど、カナデと私たちは家族だからです」

「……家族？」

「一番上の兄が私。お転婆《てんば》な長女がティッタ。元気いっぱいの次女がカナデ。やんちゃな末っ子の次男がアイル。そんな関係性は嫌ですか？」

「嫌じゃない！」

だって、私もタナカさんたちを家族のように思っていたから。

だけど、それを口に出すのは怖かった。種族も違う私のことをそんなふうに思っていてくれたなんて、想像もしていなかったのだ。

(好きになったら種族なんて関係ないんだ。怖がっている暇もない。人生は何が起こるか分からないんだもん。自分で動き出さなきゃ！)

前世の私は家族や友達に感謝も別れの挨拶も言えずに死んでしまった。

後悔するのはもう御免だ。今度こそ私は、自分の生きたいように生きる。

せっかく転生したのだから、楽しまなくては損に決まっている！

「私ね、優しいタナカさんのことが大好きだよ！　いつも明るいティッタお姉ちゃんも大好き！　アイルは馬鹿だけど……まあ、好き。だから、この世界でみんなと家族になれて、最高に幸せだよ！」

きっと、一度死を経験している私は、お爺ちゃんのように自ら死を望むことはしないだろう。
幾重もの死を看取《みと》ってきたであろう、優しい神獣の背を私はそっと撫でた。

「私は死なないよ。だって、絶対に死にたくないもん。生きるためならなんでもやっちゃう覚悟もできているぐらいだし。だから、もしかしたら……タナカさんよりも長生きするかもね」

「……私が死ぬ時は、カナデが看取ってくれますか？」

「もちろん。でも、お爺ちゃんみたいに自分から死を選ばないでね。残されるのは、やっぱり寂しい」

「では、精々長生きすることにしましょう」

タナカさんの眦《まなじり》から透明な雫《しずく》がこぼれ、空に流れていく。

私はそれを綺麗だなと思いながら、再び微睡《まどろ》みへと落ちていった。

誘拐事件から一か月後。

私はタナカさんたちと庭でとある作業をしていた。

「よしっ！　できた……！」

広い庭の一角に、杖を高らかに上げた、青年の像が建っている。

高度な魔法によって造られたそれは、どう考えても常識の範囲から外れていた。さすがはタナカさんとティッタお姉ちゃんだ。

「なんて格好いいの……！　若い頃のポルネリウスにそっくりだわ」

「いや、どう見ても三割増しだぜ？」

アイルが呆れたように言うと、ティッタお姉ちゃんは眉をつり上げた。

「うるさいわよ、アイル！」

「ひげぇぇぇえ!?　オレは事実を言っただけなのにぃぃいいい」

ティッタお姉ちゃんはアイルに特大の雷を浴びせた。

こんがりと焼かれた竜の臭いに、私とタナカさんは無言で鼻を摘《つ》まんだ。

（……ティッタお姉ちゃんの乙女フィルターマジすげぇ……）

お爺ちゃんの像は、王子様のようにキラキラしている。とても酒を飲みながらごろごろしていた老人の若い頃の姿には見えない。

「……お爺ちゃんの生きた証《あかし》は、私たちが守るからね」

誰にも聞こえないような小さな声で、私はそっと呟く。

この像はお爺ちゃんのために造ったんじゃない。記憶は朧気《おぼろげ》なもの。だから、私たちがお爺ちゃんを思い続けられるように造ったのだ。

「はぁ……じゃれ合ってないで手を洗って来なさい。お茶の時間ですよ」

「わーい！　今日のお菓子はなんだろなぁー」

私は雛鳥のように、とてとてとタナカさんの後ろをついて行く。

すると突然、シャンシャンと鈴の音が森に木霊する。


「御免ください！　誰かいらっしゃいませんでしょうか？」


次いで、聞き慣れない成人男性の声が響く。

こんなことは今まで一度もなかった。

私は目をぱちくりとさせて、不安でタナカさんの服の裾を掴む。

「……お客さん？」

「……ポルネリウスの作った結界を、すり抜ける許可を得ている人族が来たようですね。カナデ、歓迎はしなくてよいですが、お茶の用意はしていてください」

タナカさんは顔を顰めると、そのまま転移魔法を展開して消えていった。おそらく、客人を迎えに行ったのだろう。

私はタナカさんの言いつけ通り、お茶を用意するために家の中へと戻った。

部屋の中は、ピリピリとした緊張感に包まれていた。

金髪碧眼の紳士は向かい合わせに座る私をじっと見つめ、それを警戒するように、タナカさんたちが彼を睨み付ける。

私は居心地悪く足を擦り合わせた。

「貴女がカナデさんですか？　本当に黒髪黒目なんですね。それに魔力も高いようだ」

「あの……あなたはいったい……？」

「申し遅れました。私はルナリア魔法学園で働いている、オズウェルといいます。ポルネリウス様の教え子です」

「お爺ちゃん、教師なんてしていたの⁉」

私は驚いて声を張り上げてしまう。

するとオズウェルさんは眉尻を下げた。

「ポルネリウス様の授業はとても人気があったのですよ。……今回のことは本当に残念でした。空の国は……いいえ、人族は偉大な方を亡くしてしまった」

「お爺ちゃんが死んだことは、もう国中に広まっているのですか？」

「ええ。ポルネリウス様が死ぬ一か月前に私のところへ会いに来て、死んだ後の手筈を整えていきましたから。尤《もっと》も、それはついでで、ポルネリウス様はカナデさんのことを自慢したかったようですが」

「私のことですか……？」

「世にも珍しい黒髪と黒目を持つ、目に入れても痛くないほど可愛い孫だと言っていました。将来は絶対に美人になるから、変な男が寄ってこないか心配だとも」

（それはどう考えても、身内の欲目だから！）

私は赤面する顔を見られないように俯く。

「そういえば、カナデさんはポルネリウス様に並び立つ魔力をお持ちだとか」

「ご用件は？」

私の後ろに控えていたタナカさんが、今までに聞いたことがないほど冷淡な声で言った。

オズウェルさんは薄い笑みを浮かべる。

「カナデさんはこちらでひとり暮らしをしていると伺《うかが》っていたのですが、彼らはいったい……？どんなご関係なんでしょう」

「え、えっと……その……」

家族だと言うのは簡単だ。

しかし、タナカさんたちは人族ではない。もしもみんなが変な面倒に巻き込まれたらと思うと、迂闊《うかつ》に口を滑らせることはできない。

私は助けを求めるようにタナカさんを見る。するとタナカさんは急に眼鏡をかけ、くいっとフレームを上げた。

「私はカナデお嬢様に仕える、忠実な執事でございます」

(いや、執事って何⁉)

タナカさんは大真面目な顔で嘘をついた。

それをおもしろく思ったのか、ティッタお姉ちゃんはくるりとスカートを翻《ひるがえ》し、裾を摘まんでお辞儀《じぎ》をした。

「わたくしは超絶優秀な美少女侍女よ！」

「あ、えーっと、オレは……頼れる騎――」

「下僕のアイルよ！」

「クソババア！」

「やめなさい」

ティッタお姉ちゃんとアイルが取っ組み合いの喧嘩を始めようとすると、タナカさんがふたりの額を叩いて止めた。

その様子をオズウェルは暫し呆然とした様子で見つめ、慌てた様子で表情を取り繕う。

「仲がよろしいのですね。……今は私がかっ攫う隙はなさそうだ」

ぼそぼそとオズウェルさんが呟く声が聞こえず、私は首を傾げた。

しかし、オズウェルさんは気にする様子もなく微笑む。

「さて、執事の彼に睨まれているので、用件をお話ししますね。カナデさん、ルナリア魔法学園の生徒になりませんか？」

「絶対に駄目です！」

「私はカナデさんに聞いているのですが……？」

「そうよ、タナカ。カナデちゃんにお友達と恋人ができる絶好の機会じゃない！」

ティッタお姉ちゃんが目を輝かせて言うが、タナカさんは怒りを堪《こら》えるだけだった。

「そんなこと……絶対に許しません！」

「これだから男は。いいこと、女の子には恋が必要なの！　恋こそが生きる糧《かて》なの！」

「馬鹿馬鹿しい。そんなものなくとも、私が立派にカナデを育ててみせます」

「それって、タナカがカナデちゃんと離れたくないだけじゃない。鬱陶しい」

私を巡ってヒートアップするふたりにあたふたしていると、ズズズッとアイルが下品な音で紅茶を啜《すす》った。

「なあ、カナデがどうしたいのかが重要なんじゃねーの？」

アイルの言葉にタナカさんとティッタお姉ちゃんがハッとした顔で私を見た。

私は膝の上で拳を握り、決意を込めた目でタナカさんを見上げる。

「私はルナリア魔法学園に行きたい！」

何も私は恋がしたいからルナリア魔法学園に行きたい訳じゃない。

前世では高校を卒業することもなく死んでしまった。だから、私はもう一度学校に行きたい。そして何より……。

「私、人族として生きてみたいの」

今度こそ、自分の思うがまま人生を謳歌したいのだ。

ティッタお姉ちゃんは私に慈しんだ笑みを浮かべ、アイルは興味がなさそうに欠伸《あくび》をしている。

タナカさんは酷く傷ついた顔をしていた。

「大丈夫だよ。どこにいたって、何になったって、私たちの絆は壊れないもん。そうでしょう?」

「…………分かりました。ですが、辛くなったらすぐに帰ってきてくださいね」

「うん！　嫌なことがあったら、すぐに逃げ出すね」

私はタナカさんに笑顔を向けると、オズウェルさんに頭を下げた。

「オズウェルさん。私をルナリア魔法学園に入れてください。お願いします」

「歓迎しますよ。まあ、カナデさんなら試験は余裕でしょう」

「……し、け、ん……?」

私は顔を上げると、口元を引きつらせた。勉強は前世からの苦手分野だ。

「魔法史、魔法基礎学、魔法文化学、数学、政治学、経済学、植物学、他にも……」

「そんなにあるの⁉　……タ、タナカさん?」

救いを求めるようにタナカさんを見ると、とてもいい笑顔で眼鏡のフレームを上げる。

私は逃げ出そうと足に力を込めるが、その前にタナカさんに羽交い締めにされた。

「逃げ出すのは許しませんよ。やると決めたなら、やり通しましょう。安心しなさい。丁寧に教えますから」

「さっきは逃げてもいいって言ったよ⁉　嫌だ、勉強は嫌だぁぁあああ！」

「まあ、一年ありますから頑張ってくださいね。カナデさんならできますよ」

こうして、お爺ちゃんの死を乗り越えた私は、地獄のような受験勉強の日々を送ることになったのだった――

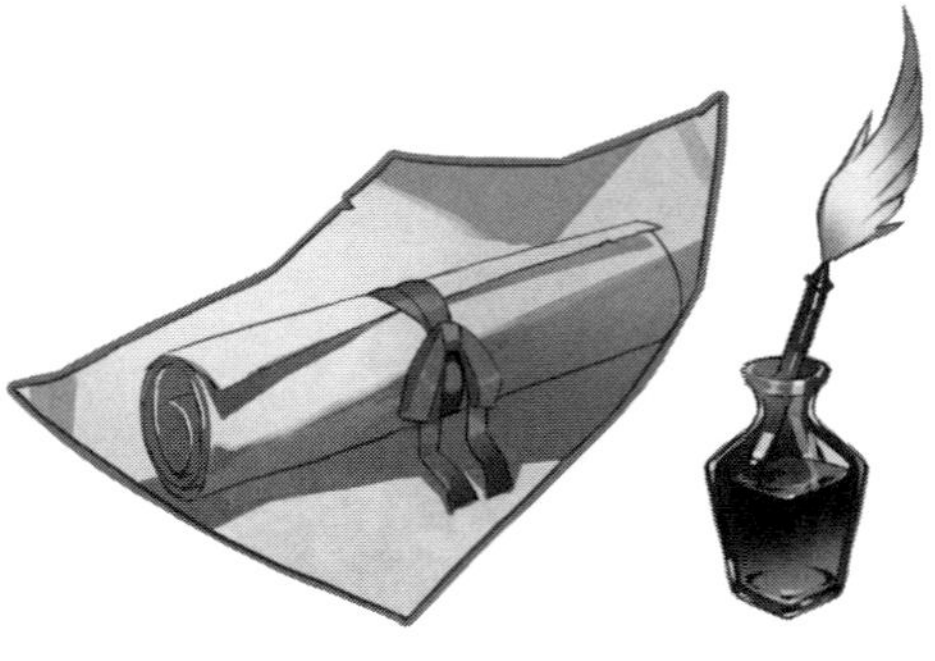

ルナリア学園入学編

一・予想外の入学

それは空の国にある人族領最高峰の魔法教育機関である。学生は空の国だけではなく、他国から留学してくることも多い。伝統と歴史を持つルナリア魔法学園は実力主義で、入学には金やコネは一切通用しないと言われている。

ルナリア学園は一流の魔法使いを目指すものにとって憧れの場所なのだ。

――ルナリア魔法学園。

「や……やっと着いた……」

私は杖をつきながら、ボロボロの状態でルナリア魔法学園に到着した。

今日は私の運命を決める、入学試験の日。この日のために私は一年間、タナカさんの厳しい指導に耐えてきたのだ。

「ふふ……高校受験よりも勉強したよ……」

異世界だからといって、前世よりも教育水準が低いということではない。

数学も普通に難しかったし、魔法基礎学も覚えることがいっぱいだ。歴史学なんて、貴族の名前が長くて覚えにくく、訳が分からないことになった。

正直に言って、たった一年で試験範囲すべて覚えられたとは到底思えない。昨日だって、必死に勉強をしていたのだ。

「……それにしても、大きいお城だなぁ。ドーム何個分？」

ルナリア魔法学園の校舎は古城を改修して造られた学び舎のようで、とても重厚的で美しい建造物だった。

敷地も広大で、すぐに迷子になりそうだ。箒《ほうき》に乗った魔法使いが空を飛び交っている姿はなく、私の想像していたような魔法学園よりもお堅い雰囲気を感じる。

「あ、いけない。早く試験会場に行かなくちゃ！」

急いでルナリア魔法学園の敷地に入ると、案内に従って私は筆記試験の教室へと向かった。


「……終わった。落ちた、滑った、きっと勝たない」

私は絶望のあまり机に額を打ち付けた。ごんっと大きな音が鳴り、周りの受験生たちがこちらを見るが、気にする余裕はなかった。

筆記試験はとても難しかった。

おかげで早々に脳が限界に達し、ぐらんぐらんと思考がまとまらず、蓄積した疲労から吐き気が収まらなかった。正直に言って、名前以外何を答案用紙に書いたのか覚えていない。

「前世で一夜漬けの相原と呼ばれたこの私が……一年かけて勉強したのに……」

悔しさと切なさと睡眠欲で涙が出そうだ。

他の受験生を羨みながら項垂《うなだ》れていると、試験官のひとりが大きな水晶を持って教室に入って来た。

「実技試験の前に魔力検査を行う。これは属性数と魔力指数を量《はか》るもので、試験に大きく加算されるものになる。受験番号順に並びたまえ」

受験生たちは騒ぐことなく一列に並び、魔力検査を行っていく。私はだるい身体に鞭を打ち、最後尾でそれを待っていた。

（どんなことをするのかと思ったら、ただ水晶に手をかざすだけなんだね）

水晶の全体が青く染まったり、三色の細い線が浮かび上がったりと、人によって様々な変化が現れていた。それにどんな意味があるのか分からないが、私は少しワクワクしていた。

「次、受験番号４４４、カナデ」

「はい」

私の番が回ってきた。この教室の中で最後ともあって、全員の視線が私に集中する。

居心地の悪さに耐えながら、緊張した面持ちで水晶に触れる。

すると手が水晶に吸着し、離れなくなった。

「は、離れない⁉」

「そのままでいなさい」

なんだか薄気味悪いが、試験官に言われた通りに私はじっと耐える。

水晶の中には六色の太い線が絡み合っていて、それらはやがて一つに溶け合い、白銀に光り始めた。最初は淡い光だったが、それは徐々に強くなり、ミラーボールのようにギラギラと光り出す。

「何これぇぇええええ⁉」

水晶に触れた手を中心に魔力が強制的に吸い上げられる。私はその気持ちが悪い感覚に眩暈《めまい》がした。

やがてピシリッと水晶にヒビが入った。

それを見た瞬間、私は恐怖で喉を震わせる。

「わ、わざとじゃないよ！　だから賠償は無利子分割払いでお願いしますぅぅううう！」

その叫びを最後に、私の記憶はプッツリと途切れた――

やわらかな木漏れ日が差し、私はゆっくりと目を覚ました。

「……ん。ここはどこ……？」

見慣れない天井。いつもよりフカフカの寝具。それに違和感を持ちながら、寝ぼけた目を擦り身体を起こした。

するといきなり金髪碧眼の美中年の顔が私の視界にいきなり現れる。

「オ、オズウェルさん⁉」

「おはようございます、カナデさん。丸一日起きなかったので、心配しましたよ」

「丸一日⁉　し、試験はどうなったんですか！」

「もちろん終わりましたよ」

私はがっくりと肩を落とし、シーツに包まる。

今は蓑虫《みのむし》になりたい気分なのだ。

「……スタートラインにすら立っていないのに、私の人生終了だよ」

「落ち込むのはまだ早いですよ、カナデさん」

そう言うと、オズウェルさんは無理矢理シーツを引っぺがした。

涙目でオズウェルさんを見上げると、彼はそっと私に一枚の上質な紙を手渡した。そこには合格の文字がある。

「カナデさん、入学試験合格です」

「え……どうして？　私、試験を途中で投げ出したのに……」

「元々ポルネリウス先生に頼まれていましたからね。カナデさんが合格で良かった、良かった。まあ、何があっても私がごり押しで合格させるつもりでしたけど」

私はガツンと頭を殴られた気がした。

「あの……オズウェルさんって……ルナリア魔法学園の職員なんですよね？」

「ええ、理事長です」

「理事長⁉」

告げられた衝撃の事実に私は開いた口がふさがらない。

筆記は散々、魔力測定の水晶は壊す、実技試験は記憶なし……そして理事長のオズウェルさんがお爺ちゃんの教え子だ。

（これは間違いないよ……裏口入学だ！　都市伝説じゃなかったの？　自分が実際に経験するとは思わなかったよ。本当にあるんだね。マジで笑えないよぉ！）

「しかもカナデさんは七歳ですから、最年少入学ですよ。おめでとうございます」

「ぐふぁっ」

オズウェルさんのトドメの一言に、私の心は大きなダメージを負った。

裏口入学はいけないことだ。

しかし、権力者のオズウェルさんがお膳立てした入学を断れば、何が起こるか分かったものじゃない。さらに今ここでルナリア魔法学園に入学しないと、タナカさんのスパルタ浪人生活が待っている。

（くそぉ……背に腹は代えられないよ）

苦虫を噛み潰したような顔をしていると、オズウェルさんが私の頬に手を当てた。

「どうしました？　まだ調子が悪いのですか、カナデさん」

「ダイジョウブデス……その……不束者《ふつつかもの》ですが、どうぞよろしくお願いします……」

……神様、仏様。地味に真面目に過ごすから、どうか裏口入学を許してください。

二・華の学園生活？

私がルナリア魔法学園に入学して一か月が経った。

裏口入学の負い目から、私は目立たないように気を付けながら学園生活を送っている。

その結果――私はぼっちになった。

ま、まあ、私にだけ原因がある訳ではない。

どうやらルナリア魔法学園は王侯貴族ばかりのセレブ校らしく、平民の私はどう見ても浮いていた。遠巻きに見られ、噂話のネタにされる存在だ。

このまま四年間を過ごすとなると……寂しくて死んでしまいそうだ。友達ってどうやってつくるんだっけ？　いっそ開き直って、七歳でおひとり様を極めるべきだろうか。

「……話しかけてくれる人はたまにいるんだけどね……」

王侯貴族の会話は分からないことがいっぱいだった。

『貴女のような平民でも、わたくしの傍にいること許しますわよ』とか『誰さんとは仲良くしないほうがいい』とか意味が分からない。ツンデレに見せかけた罵倒は心地いいものではないし、人の悪口を親しくもない私に話すのもなんか怖いし……つまりは王侯貴族マジ怖い。それが入学して一か月の感想だ。

「私がぼっちなのは置いておいて……今日の授業は終わったし、早く食堂に行かなくちゃ！」

クラスメイトの会話を盗み聞きしたところ、『今日は食堂で三時から季節限定ケーキが販売される』との情報を得た。これはもう、売り切れる前に行くべきである。

王侯貴族が多いせいか、ここの食堂はレベルが高い。期待大だ。

「どうして今日に限って、最後の授業が食堂から一番遠い特別塔の教室なの。もう三時過ぎているよ」

近道をしようと思い、私は演習場の裏を通る。

それが悪かったのだろうか。私は嫌な場面に運悪く遭遇してしまう。

金髪の少年が濡れ鼠《ねずみ》状態でふんぞり返っていた。その隣には、控える彼よりも年上のふたりの取り巻きがいる。そして彼らが見下ろすのは、地面に尻餅をついている、ふんわりとした紫色の髪を持った可愛らしい少女だった。

（うわぁ……何あれ、いじめ？　かっこ悪い）

私は眉を顰めた。

ここでいじめ現場に殴り込むのが正義の味方なのだろうが、あの金髪の少年は身分がかなり高そうだ。私みたいな平民が割り込んでも、一緒に虐められた後に、良くて学園追放……悪くて処刑だろう。身分制度において平民の立場が弱いことは、人族のことを学んだ私もよく知っていた。

（とりあえず……権力ありそうな先生を呼んで来ようかな。ああ、ケーキはお預けかもなぁ……）

緊急事態なので私が転移魔法を展開し始めると、その魔力を感知した少女から声がかかった。

「えっ、助けを呼んできてくれますわよね⁉　放置とかしませんわよね⁉」

（おぃぃいい！　今まさに助けを呼びに行こうとしたよ！）

私が目で訴えると、少女は思わず言ってしまったとバツの悪そうな顔をしながら、口を手に当てていた。

金髪の少年の取り巻きたちは、新しい獲物を見つけたとばかりにニヤニヤと意地の悪い顔で私の腕を掴み、少年の元へ無理矢理引きずった。

「何か私に用ですか？」

私は彼らへの嫌悪感から、顔を顰めて問いかけてしまった。

「搾取される階級の分際で、マティアス殿下に無礼な物言いをするな！」

「下賤な家畜が」

「お前たち、その辺にしておけ。しかし……最年少入学をしたのが、こんな馬鹿そうなちんくしゃだとは思わなかったぞ」

（ちんくしゃってなんだよ！）

私は怒りでむしゃくしゃしたが、あくまで冷静を装って問いかける。

「殿下……ということは、あなたは王子様なんでしょうか？」

「この田舎者が！　そうに決まっているだろう」

取り巻きその一が鼻息を荒くさせて言った。

（うわぁ、どこの国の王子だよ。王族は自国の顔なんだから、躾《しつけ》ぐらいちゃんとしとけよ……）

私が内心で引いていると、何を勘違いしたのか、取り巻きその二が得意げに鼻を鳴らした。

「知らないのなら教えてやろう。マティアス様はこの空の国の第五王子であらせられるのだぞ！」

（自国の王子かよ！）

しかし、第五王子ということは、継承権の低い微妙な立場なのではないだろうか。まあ、平民の私には関係のないことだけど。

うざいし、面倒そうなので、私はとりあえず第五王子に深々と頭を下げる。

「大変失礼いたしました、第五王子殿下。私は皆様のおっしゃる通り平民という下賤な生まれでございます。森の奥深くで祖父に育てられた故《ゆえ》に無知なのです。どうかご容赦くださいませ」

ちらりと地面に倒れ込む女子に目をやる。

（それにしても……男三人、内一人王族が女子を囲んで虐めるなんて……最低。身分制度があるのは仕方ないよ？　それで世界が動いているのなら従うしかない。だけど特権は私欲で振りかざすものじゃないでしょう？）

前世で『ノブレス・オブリージュ』って言葉があるように、タダでその特権が得られる訳じゃないと思う。私は平民だけど。

「……王子殿下たちは、私の想像がつかないほど高貴な遊びをしていらっしゃるのですね」

思わず侮蔑《ぶべつ》の目を向けながら言ってしまったのは仕方ないだろう。

第五王子は顔を真っ赤にさせて、怒りの感情を爆発させる。

「なっ、コイツが俺に水をかけたのが悪いのだ！」

「左様ですか」

（そんな訳ないでしょ。自分が気に入らないことは全て悪かよ、この我儘王子！　水をかけたのが罰だって言うんなら乾かしてやんよ！）

私は第五王子の前に手をかざし、風と火魔法を併用して水を蒸発させる。

「む、無詠唱……」

取り巻きその一が呟いた。

学園に入学してから気づいたが、生徒の多くは魔法を使う際に詠唱するのだ。……実に中二臭いヤツを。私には恥ずかしくて詠唱なんて無理だ。

(いや分かっているんだよ、みんな真面目だって！　でもどうしても痛々しく感じちゃうんだよ！)

これが元日本人の性というものだろうか。

「あの私、急ぎの用があるんです。申し訳ありませんが失礼してもよろしいですか？」

まずはここを早く離脱するのが最善だ。できれば彼女も一緒に。

しかし金髪少年は私のことを睨み付けてきた。どうやら私のことがお気に召さないらしい。

「くっ……、お前さえいなければ俺が最年少入学だったのに！　俺は王子だぞ……俺に従え！」

「絶対に嫌です――あっ」

(うわっ、やばい。うっかり本当のこと言っちゃったよ！)

しかも第五王子は個人的に私を恨んでいるようだ。

終わった、私の二度目の人生終わった……。

「無礼な！」

取り巻きその二が私を地面に這いつくばらせ、顔面を地面に押し付けた。

鼻の穴に芝生が入り、くしゃみと鼻血を噴き出しそうだ。

「年下の少女にこの仕打ちはあんまりですわ！　殿下、どうか止めさせてくださいませ！」

少女――たぶん貴族――が第五王子に懇願する。王族に意見するなんて勇気がいるだろうに、少女は意志の強い瞳で第五王子を射貫く。

（普通に良い人だ。今まで接してきた王侯貴族の人たちとは違う感じだね）

「ふんっ、俺に従わないのが悪いんだ‼　おい、黒髪。俺に従うと誓え」

もう我慢の限界だった。


顔を泥だらけにされた挙句に従えだって？

なんで私が従わないといけないのだろう。


平民だから？

馬鹿にするな。平民にだって敬う相手を選ぶ権利はある。


平民の最大の特権は身軽なことだ。

権力を振るえない代わりに権力に完全に支配されない。こんな王族のいる国にいて幸せになれる気がしない。

「…………もうやめた。こんな思いをしてまで、ここにいてもしょうがないし。自主退学してやる……！」

「ぐぴゃっ」

風魔法を使い、私を押さえつけていた取り巻きその二を吹っ飛ばした。

そして第五王子と向き合い、私は嘲笑《ちょうしょう》を浮かべる。

「王族なのに権力を振りかざして気に入らない女の子を虐めるなんて……貴方、馬鹿なの？　この学園には各国の上流階級の子女が集まっているんだよ。それはつまり貴方の馬鹿な行いが他国に知られるってこと。空の国の恥さらしって笑われるんだよ？　というか、既に私が心の中で笑っているけどね」

もうこの国に未練はないし、最後に好きなことを言わせてもらう。

身分がなんだ、無人島にでも引っ越してやる！

「愚弄《ぐろう》するな！　俺に逆らってただで済むと思っているのか！」

「思っているけど。貴方みたいな、権力を振りかざすことしかできない王族のいる国にいても仕方ないし、私はこの国を出て行くから。それじゃ、さようなら～」

私は手を振りながら転移魔法を展開し始める。

（今の私じゃ発動まで時間がかかるんだよねえ。お爺ちゃんなら一瞬だったのに。まあいいや、空の国アデュー！）

「カナデさーーん！　待ちなさい、魔法を止めてください！」

上空を見れば、オズウェルさんが空を飛びながら叫んでいた。……必死な形相の中年って怖い。

オズウェルさんは地面に降り立つと、すぐに私へしがみ付いてきた。

「うわぁっ、危ないじゃないですか！　一緒に転移するところでしたよ」

（あっぶねぇ、理事長とランデブーとかスキャンダルどころじゃないよ。……って、折角展開した転移魔法消えちゃったじゃん！）

　オズウェルさんは胸に手を当てて深呼吸をした。

「間一髪……して、この状況は何です？　ロアナ・キャンベルさん、簡潔に述べなさい」

「は、はい。わたしが水魔法の訓練をしていたら、それがマティアス殿下に当たってしまい……お叱りを受けている時に、カナデさんが現れました。その……殿下の御付の方たちが、彼女を地面に押さえつけて、殿下がカナデさんに忠誠を誓わせようと……。それで彼女が魔法で御付の方たちを吹き飛ばして……そうしたらカナデさんの足元に魔法陣が……」

　しどろもどろになりながら、少女は賢明に言葉を並べる。

　オズウェルさんはそれを頷きながら聞いていた。

「つまりマティアスが全部悪いということですね」

　簡潔で実に分かりやすい。

「叔父上、この者たちが――」

（ちょっと待って、第五王子の叔父ってことは……オズウェルさんって王族……？）

　私の疑問をよそに、オズウェルさんは第五王子を責め立てていく。

「黙れ、マティアス。生徒たちの見本となるべき王族が何をしている？　守るべき婦女子を虐げるなど王族……否《いな》、男として最低の所業だ。お前はどうやら甘やかされ過ぎたようだな」

「し、しかし――」

「言い訳無用！　お前たちは懲罰房行きだ。……そしてマティアス、このことは兄上に報告するからな」

「！」

一瞬にして第五王子は顔を青ざめた。

（パパが怖いなら悪さをしちゃいけないよ。それにしても……オズウェルさんが王族だったなんて。確かに第五王子も金髪碧眼だけど）

私はじりじりとオズウェルさんから距離を取った。

「カナデさん……何故、私から離れていくのですか？」

「ええと……オズ——理事長も王族だったんですねー」

ポツリと私が呟くと、オズウェルさんは鬼の形相で第五王子を睨んだ。

「マティアス……お前はとんでもないことを仕出かしたようだな」

「す、すみません、叔父上！」

オズウェルさんは第五王子たちに背を向けると、優しげに微笑んだ。

「カナデさん、キャンベルさん、不快な思いをさせて申し訳ありませんでした。今日はもう寮に帰って休みなさい」

「「はい」」

「私はポルネリウス様に貴女のことを頼まれています。本当は後見人になるか、養女にしたかったぐらいです。……私は実子を持てませんから。ですがその様子だと、カナデさんはそれを望んでいないようですね」

（ええっ、お爺ちゃんに頼まれたからってそこまでしなくていいよ！　王族怖いし……）

動揺から目を彷徨わせ、所在なさげに手を動かす。

「あの、理事長のご厚意は嬉しいのですが……」

「今回のことで王族に不信感を持ったでしょうし……とりあえず諦めましょう。ですが、何か困ったことがあったら、私に相談してくださいね」

そう言い残して、オズウェルさんは第五王子と厄介な仲間たちを魔法で拘束して引きずっていく。

絶望に満ちた表情をした彼らには、まるで売られていく子牛のように哀愁が漂っている。

私は心の中で「ドナドナ」と唱えながら、静かに手を合わせた。


「……あの、巻き込んでしまって、ごめんなさい」

残された少女が、本当に申し訳なさそうな様子で私に頭を下げた。

私は驚きで目を見開く。

「いいえ、別に気にしていません。……失礼かもしれませんが、貴族の方ですか？」

「そうよ。それに同じクラス。知らなかったの？」

「えっと……ごめんなさい……」

ぼっちの私は、まだクラスメイトの顔と名前を覚えていない。

しかも相手は貴族だ。また面倒なことになるかもしれないと少女の顔を窺う。

彼女は私の予感とは裏腹に、白百合のように儚く、それでいて落ち着いた笑みを浮かべた。

「別に気にしていないわ。わたしは貧乏子爵令嬢だし、そんなに警戒しなくても大丈夫よ。貴女をどうこうする力なんてないから。それに恩人に仇《あだ》なすことはしない。わたしはロアナ・キャンベル、歳は十二だから、貴女よりお姉さんね」

「わ、私はカナデ。いちおう七歳です」

「ふふっ、知っているわ。わたしのことはロアナと呼んで」

「でも……」

言い淀むと、彼女は私の額をぴんっと指で弾いた。

「わたしもカナデと呼ぶわ。別に貴族だからとか気にしないで。生活水準は貴女より、わたしの方が下でしょうし」

「貴族なのに⁉」

「あら？　貧乏子爵家を舐めないで欲しいわ。使用人は老執事がひとり。家事も裁縫も自分でやっていたんだから。そういう訳だから遠慮しないで。わたしも貴女と仲良くしたいし」

「どうして？　私は平民だから、一緒にいる価値はないと思うよ」

王侯貴族の社会は身分に左右される。だから、自然と権力のある者に人が集まるのだ。

もちろん、平民の私は蚊帳の外。

彼女がわたしと仲良くしたがる理由が見つからない。

「かつて罪を犯した貴族家の令嬢ってだけで、私の価値なんて紙みたいにペラペラだったけれど、今回のことで第五王子の怒りを買ってしまったわ。正直に言って、わたしにはもう貴族としての価値はないのよ」

「あの馬鹿が悪いのに⁉」

「たとえ馬鹿でも、王族は王族。それにマティアス殿下は、国王陛下の愛児。貴族社会では『国王陛下の怒りを買った女』って嘲笑されるのよ」

「うわぁ……上流階級怖い」

私が思わず引いていると、ロアナも呆れたように溜息を漏らす。

「その認識で合っているわ。別に貴族社会に未練はないし、むしろ商人になれる道が開けるのなら万々歳かしら」

「商人になりたいの？」

「わたしはお金が大好きなのよ！　商人なら、銅貨も銀貨も金貨も等しく愛《め》でられるわ。げへへ……っ」

（なんか不気味な笑みを浮かべているんですけど⁉）

……本当に貴族令嬢なのだろうか。第一印象はか弱いお嬢様だったのに、今では欲に塗れた守銭奴令嬢にしか見えない。

でも、そんな彼女のことが、わたしは気になって仕方ないのだ。

「おもしろいね！」

「貴女ほどじゃないと思うけれど？　……それで、わたしと友達になってくれるのかしら」

「うん、喜んで。学園に来てから友達ができなくて寂しかったんだ。……だから、これからよろしくね、ロアナ！」

「よろしく、カナデ」

ルナリア魔法学園に来て一か月。

私にちょっと変わったお友達ができました。

三・三日月の会

入学した頃は何もかもが目新しかった学園生活も、三か月も経てば慣れてくる。ロアナ以外の友達はいないが、それでも充実した日々を送っていた。

「そういえば、カナデはどこのクラブにも所属していないのよね？」

学園に併設されたカフェテリアで、私はロアナとお茶を楽しんでいた。

メインディッシュのシュークリームは、ふっくらと大きい。手に持てば、ずっしりとした重みがあり、クリームが惜しげもなく詰められているのが分かる。クリームが多すぎるのではないかと思って食べてみれば、甘さ控えめのクリームをシュー生地がしっかりと包み込み、過度な甘さを感じることもなく調和していた。

ほんのり香るバニラが鼻孔を抜け、恍惚とした表情を浮かべてしまう。

クリーム好きにはたまらない。いや、このシュークリームを食べれば、誰もが天にも昇る気持ちになるに違いない。

「……カナデ、聞いているの？」

「え、なんだっけ？」

「不気味なほどにお菓子が好きよね。もう、お菓子と結婚したらいいんじゃないの？」

「いいね、それ！」

「……冗談だったのだけど……」

ロアナが顔を顰め、溜息を吐く。「ほどほどにしなさいよ」と言いながら、ロアナは私のお皿に自分のシュークリームを一つ載せてくれた。

私は感激で目を潤ませ、興奮気味にロアナに詰め寄った。

「ロアナ、大好き！　私たちは運命の糸で結ばれた親友だよ！」

「出会ってから二か月で親友に昇格って……カナデの将来が心配だわ」

「……嫌なの？」

「嫌じゃないわ」

そう言ってロアナは私の口元へシュークリームを運ぶ。

かぷりと勢いよくかじりつくと、ロアナが無邪気に笑い出す。

「珍獣に餌付けしているみたいだわ」

「おいしいお菓子を食べられるなら、珍獣も悪くないね」

「馬鹿ね」

ロアナはコツンッと私の額を軽く叩いた。

「話を戻すけど、カナデはどこのクラブにも所属していないのよね？　どこかに所属する気はあるの？」

そう言えば、入学したての頃にクラブの説明を受けたような……気がしないでもない。

前世のテレビニュースでとりあげるような熾烈《しれつ》な勧誘合戦は、ルナリアでは見かけなかった。私が綺麗さっぱり忘れていても不思議じゃないだろう。

「ロアナはどこかのクラブに所属しているの？」

「通貨研究会に入っているわ」

「うえっ、何そのつまんなそうなクラブ」

私が唸ると、ロアナは目をきらりと光らせた。

「失礼ね。どんな手段でお金を稼ぐのが有益か、もっと効率よく帳簿を書くにはどうしたらいいのか、これから伸びる一押しの業界は何か、最も美しい金貨はどれかを討論する、とても有意義な会よ」

「どちらかと言うと気持ち悪いね」

どうやらクラブ活動とは同志の集まりらしい。

たぶん形態的には前世の部活やサークルみたいなものだろうか。……興味ないけど。

「まあ、カナデみたいなお子ちゃまには、まだお金の素晴らしさと美しさと神聖さは理解できないわよね」

「お子ちゃま関係ないから。一生理解できない領域だから」

私は半目でロアナを見据える。しかし、彼女はそれに気づく様子もない。

「それよりもクラブ活動よ。どこからもお誘いはないの？」

「ないよ。そもそもどんなクラブがあるのかも知らないし」

「色々あるわよ。魔法研究会は属性ごとにあるし、神話クラブに魔法陣研究会、演劇クラブ、剣闘師団、決闘クラブ、愛と服飾の会、毒女の会、薬物研究クラブ、爆破クラブ、軟体生物研究会……」

「ちょっと待って、一部不穏なクラブがあるよ⁉」

決闘とか薬物とか爆破とか軟体生物とか……！　毒女の会とはどんなことをするクラブなのだろうか。妄想がはかどる。

「ああ、変人クラブって言われているわよ」

「……たぶん、ロアナの通貨研究会も言われているよ……」

「もう、そんな訳ないじゃない！　カナデったら冗談言い過ぎよ」

ロアナの目は笑っていなかった。

「あ、ははは……ゴメンナサイ。一番すごいクラブってどこなの？」

「うーん……三日月の会かしら？」

「お月見でもするの？」

「違うわよ。少数精鋭のクラブで、様々な実績を持っているんですって。所属するには会員全員の賛同が必要で、認められなければ王族でも弾かれるらしいわ。ちょっと変な噂も聞くけどね」

どうやら三日月の会は、学園を牛耳《ぎゅうじ》る番長的な存在らしい。

「何、その猛者《もさ》集団……」

「どちらかと言えば頭脳派集団だと思うけど？　色々な方面で賞を取ったりしているらしいわ。今の会長は三年生で女帝と陰で呼ばれている先輩よ」

どこの漫画世界だよ！　というツッコミは寸でのところで飲み込んだ。

女帝……なんと恐ろしい響きなのだろうか。どうか関わり合いになりませんように。まあ、学年違うし関係ないだろう。

「私は帰宅クラブでいいよ……」

「何よ、それ？」

「素晴らしい寄り道を極めるクラブだよ！　ということで、今日も私はお菓子を買いに行きます」

「ついでに牛乳と小麦粉買って来なさいよ」

（私は奥さんの尻に敷かれている、中間管理職のサラリーマンかよ！　ロアナの言うことなんて聞かないんだからね！）

つーんとそっぽを向き、抗議の姿勢を見せる。

ロアナはそれに動揺することなく、小さく囁《ささや》く。

「……オムドリア。ハンバーグのせ」

「かしこまりました、ロアナ様！」

（ロアナの料理のためだったら、尻だってなんだって敷かれてやるよ！）

勢いよく立ち上がると、私はロアナに敬礼をする。

餌付けは既に完了されていた。

「じゃあ、すいーっと買い物してくる」

「今日はどこへ行くの？」

「うーん。牛乳と小麦粉なら、酪農が盛んな大地の国かな」

「そう。相変わらずとんでもない子ね。ついでにハンバーグ用の安くていい肉も買ってきてくれると嬉しいわ」

「分かった。いってきまーす」

私はロアナに手を振ると、転移魔法を展開して大地の国へと旅立つ。

「みーちゃった！　みーちゃった！」

「会長に告げ口しちゃおうよ」

「「おもしろいことになりそうだね」」

物陰から私たちを、鏡合わせの顔をした少年と少女が盗み見ていたことに、私は最後まで気づくことはなかった。


「……手紙？」

一限目の講義で使う教科書を開くと、何やら手紙が挟まっていた。ピンク色の……綺麗な便箋。差出人は便箋には書いていない。

（も、ももも、もしや！　前世では絶滅寸前だったラブレターというヤツなんじゃ！）

私は手紙を誰にも見つからないように懐に忍ばせると、全力疾走で女子トイレへ向かった。

少々注目を浴びたが、問題ない。たとえ漏らしそうで走っていると思われたとしても、私は見た目が七歳児。全然不自然じゃない。

……お願いだから勘違いしないでください！

――バンッ

トイレの個室に入ると、私は安全確認をする。

「上下左右よしっ、盗撮の気配なしっ、開いてよしっ！」

手紙を開くと、女性らしいやわらかな文字が綴《つづ》られていた。

黒き蕾姫　カナデへ
使者も出さずにこのような形で手紙を渡すこと、ご容赦ください。
わたくしは三日月の会で会長をしておりますエリザベートと申します。
この度、貴女を三日月の会の御茶会に招待したく、手紙を送った次第です。
本日の授業が終了した後、迎えの者を寄越します。
ぜひ至高の御茶会へ参加してくださいませ。

三日月の会会長　エリザベートより

「じょ、女帝からの呼び出し⁉　私何か悪いことした？　日々慎ましやかに生きているのに、調子に乗っているように見えた？　もしかして……裏口入学がばれた⁉　成敗⁉」

御茶会とはなんの隠語だろうか。

思えば、七歳の女児にラブレターを書く人なんていない。……変態以外は。

「……これからどうしようかな……」

手紙が教科書に挟まっていたということは、私が手紙に気づかない可能性も相手は考えているはず。それならば、手紙に気づかないふりをしつつ、授業が終わったら即転移魔法で逃げる。

……完璧な作戦だ……！

後で何か言われたら、『手紙ってなんのことでしょう?』とすっとぼければ大丈夫。逃げまくっていれば、まあなんとか回避できるはず。よしっ。


私は優雅な足取りでトイレを出て教室へ向かった。

すれ違う人が時折慈愛の目で見てくるのは気のせいだ。……トイレ間に合って良かったねとか思っていないはず。そうだよね⁉


六時限目の終わりを知らせるチャイムが響いた。

「今日の授業はこれで終わりです。課題を忘れないでください」

講師が授業終了を宣言した瞬間、私は転移魔法を展開し始める。

「ちょっと、カナデ……」

「ごめんロアナ、今日は買いに行くのはむ――」

無理と言おうとした瞬間、私の身体がフワリと宙に浮いた。

そして驚いた拍子に、転移魔法を解除してしまう。

「リエラ先輩の予想した通り、この子逃げる気だったね。サーニャ」

「そうだね。会長の誘いを受けないなんておもしろい子だよね、サーリヤ」

「「それじゃ、行こうか！　カナちゃん」」

「うへぇっ⁉」

右を見たらオレンジ髪の可愛い女の子、左を見れば同じオレンジ髪と顔の男の子が、それぞれ私の腕を抱えている。

「分身の術……⁉」

「「ただの双子だよー」」

「頭こんがらがるわ！」

私は助けを求めるようにロアナを見た。

するとロアナは笑顔で手を振りつつ、手には高純度であろう魔石を握っていた。

（私の親友、たやすく懐柔されていやがる……！）

両脇を抱えられ、身体をぷらんぷらんと揺らしながら、私は連行されて行った――

大輪の花が咲き乱れ、幻想的な蔦の這う温室に私はいた。

人工の小川のせせらぎは訪れた人の心を癒やすであろう。だがしかし、私の心は穏やかではない。

オレンジ髪の双子に連行された私は、とんでもないラスボスと対峙していた。

彼女は強固なドリル――縦ロールをなびかせるピンク髪で気の強そうな令嬢だった。絶対にこの人が女帝だ。派手で強気に見える顔立ちに、太い眉が実に似合っている。

(か、帰りたいっ切実に……！)

この温室は完全に女帝の支配下にあった。

女帝の後ろには若い執事が控え、横には艶やかな桔梗色の髪を持つ知的そうなお姉さんが座っていた。双子は私の後ろで監視するかのように視線を送ってくる。

「強引に招いてしまって、申し訳ありませんわ。どうしても貴女にお会いしたかったのです、オホホホホ」

「紅茶です、どうぞ」

高笑いする女帝。紅茶を微笑みながら差し出す執事。お姉さんは扇子で口元を隠しながら、冷静にこちらを窺っていた。

(何か知らないけど、怖っ！)

後ろで暇だとかお腹すいたとか言っているマイペースな双子に、逆に癒やされる始末である。

「あの……私に何か用でしょうか?」

恐る恐る問いかけると、女帝がニヤリと妖しく口角を上げた。

「ええ、大事な用があります。でも最初に自己紹介をいたしましょう。わたくしの名はエリザベート、三年生で三日月の会の会長ですわ」

「同じく三年、副会長のガブリエラです」

女帝に続いて、お姉さん——ガブリエラ先輩が名乗る。それに次ぐように、執事が恭《うやうや》しく頭《こうべ》を垂れる。

「私は四年生のバルミロです」

「執事さんは学生なのですか⁉」

「ええ、これでも貴族です」

何故貴族が執事を⁉

そんな疑問を口にする暇もなく、双子が私に後ろから抱きついてきた。

「ボクはサーリヤ、二年生だよ！」

「アタシはサーニャ。二年生でサーリヤの妹だよ！」

「カ、カナデです……一年生です」

場に流され、私も拙い自己紹介をした。

（目的はなんだろう……？）

私みたいな平民を呼び出していじめをするような、小賢しい人に女帝たちは見えない。紅茶が毒入りとかはなさそうだ。

「カナデのことは調べさせてもらったわ。そして、貴女がこの三日月の会に相応しい人物かもしれないと思いましたの」

「それは……何かの間違いです。私ごときが、この伝統ある三日月の会に相応しいだなんて……」

三日月の会の歴史なんてさっぱり分からないが、とりあえず恐れ多いですと遠回しに拒否してみる。なんの気まぐれかは知らないけれど、こんな目立ちそうなクラブに入るのは嫌だ。

「とりあえず、こちらのお菓子を食べていただけます？」

目の前に置かれたのはプリンだ。チョコやカボチャではなく、シンプルなプリン。蒸して固めたタイプに見える。カラメルソースはとろみがあって、すごくおいしそうだ。

（……食べたい……だけど食べた瞬間に、『食べたわね？　これで貴女も共犯よ！』とかお決まりのセリフ言われたらどうしよう？）

でも目の前においしそうなプリンがある。涎《よだれ》が垂れそうになるのを必死に耐え、私は軽くプリンをスプーンで突《つ》っついてみた。すると、ぶるんとプリン全体が艶めかしく揺れる。

……私はその誘惑に耐えることができなかった。

「出されたプリンを食べないなんて、女が廃《すた》るよ！」

曇り一つない銀のスプーンが黄金色のプリンを掬《すく》い上げる。そして口に運ぶと、ゆっくりと舌で味わう。

数十秒の沈黙の後、出た言葉はプリンと同じシンプルなものだった。

「……おいしい」

「どのようにおいしいのです？　嘘偽りなく、わたしに教えてくださいませ」

ガブリエラ先輩の双眸は、期待に満ちている。

「……固さ、滑らかさ、香り、どれも素晴らしいです。手間暇かけて作られているのでしょうね。卵と牛乳の味も濃厚でとてもおいしいです。……卵黄多めで作られているのでしょうか？　ただ、しいて言うならば、この甘さのプリンなら、カラメルはもう少しほろ苦い方が……まあ、私の好みですけれど」

「そうです！　研究に研究を重ねた末にたどり着いた黄金比率。原材料の産地にもこだわり、卵は新鮮濃厚なものを、牛乳は爽やかな香りの物を選びに選び抜いたのです。蒸す時間も理想の舌触りを体現できるように、熟考と試作を重ねました。カラメルは小さい子は甘い方がお好きかと思って調節したのですが、大人向けの味の方が好きなのですね。エリザベート、やはりこの子は逸材です！　わたしの目に狂いはありませんでした！」

（アンタが作ったのかい！）

深窓の令嬢といった雰囲気なのに料理好きとか、なにその可愛い属性。

だが、ガブリエラ先輩は興奮してきたのか、息を荒くさせて私に熱い視線を向けてくる。

（落ち着け私、落ち着くんだ……！）

カタカタと震える手でティーカップを掴み、慎重に紅茶を飲み干す。

「……おいしい。だけど、知らない味？」

「そうですわ！　この紅茶はわたくしが今日のために、特別用意したオリジナルブレンド。五種の茶葉を合わせ、それぞれの風味を損なわずに高められるようにしたのですわ。ガブリエラの作ったプリンに最も合う紅茶だと断言できましょう」

「紅茶を淹れたのは私です。蒸し時間や温度にもこだわりました。カナデお嬢様にお喜びいただけたようで執事冥利に尽きます」

女帝と執事先輩も、酷くテンションが高い。私は、なにかいけないスイッチを押してしまったのだろうか……？　どうか今すぐオフにして！

私はどうにか周りの雰囲気を落ち着かせるため、話をそらす。

「こ、この食器や飾られているお花も素敵ですね……」

「「ボクたちが選んだんだよ！」」

双子はキャッキャと騒ぎ、私の手を握ってぶんぶんと振り回す。

（……全員が興奮状態。何、このカオス）

私は思わず死んだ魚のような目をしてしまう。


「わたくしはここに、カナデを三日月の会の新たなメンバーに推薦いたします！」

「わたしは大賛成です」

「条件は達成していますからよいのでは？」

「「おもしろそうだから、異議なーし」」

「異議ありです！　私には恐れ多いです」

皆で盛り上がっているところ悪いけどね、拒否させてもらうから！　空気なんて読みません、吸うものですぅ。

「エリザ、説明不足なのではないでしょうか」

「そうね……カナデは三日月の会についてどこまで知っていて？」

「えっと、少数精鋭の頭脳派集団で……学園内で一番力のあるクラブらしい、ということだけです」

全部ロアナの受け売りだけど。

「表向きのことしか知らないのね。いいでしょう、教えてあげますわ！」

右手を突き出し、女帝が決めポーズを取る。あのドヤ顔はまるで悪役の令嬢みたいだ。

思わず跪いてみたくなるほど様になっている。

「簡単に言うと三日月の会は、表向きは適当な功績を出しつつ、裏では多額の予算を使って御茶会を極める会ですわ！」

「三日月の会には規則があります。一つ、クラブ内では身分や家柄、派閥等の事情は一切持ち込まない。二つ、三日月の会の裏活動は他言無用。三つ、助け合いの精神を忘れない。以上です」

女帝に続き、ガブリエラ先輩が補足する。

「『みんな仲良く秘密の御茶会をしましょう』ってことだよ！」

「それは分かりやすいです！」

双子に私は同意した。でも気になることがある。

「あの、私は何故誘われているのでしょう？」

「ズバリ、貴女のお菓子に対する愛ですわ！」

女帝はビシッと私を指さした。

「入学してからカナデお嬢様は四十八回、転移魔法を使い、お菓子を買いに行っているのは調べがついています。そしてそれらを残さず食べ、気にいった店には丁重なファンレターを書いていると か。カナデ様がファンレターを書いた店は繁盛するというジンクスが、この国のみならず、他国にも広がっているそうですよ」

「な、なんで私がお菓子好きだって知っているんですか⁉」

私は恐ろしさに身を震わせた。

ガブリエラ先輩が頬に手を当てながら、上品に微笑む。

「情報戦こそ、わたしの得意とすることです。狙った獲物は逃がしません。というか、あれで隠しているつもりでしたの？」

ガブリエラ先輩の指示かい！　見た目はお淑やかな令嬢なのに、完全な詐欺だよ。

「でも、私は平民ですし……」

「ボクとサーニャも平民だよ？」

「そうそう！」

「えっ……」

ルナリアの中に、私以外の平民出身者がいたんだ。

目をぱちくりとさせると、双子は私の手を取って円をつくると、くるくると回り始めた。

「ボクらは旅芸人の子どもだし、国籍はないよー」

「まっ、貴族の御手付きで生まれた訳だけど！」

「「あはははっは」」

「ノリが軽いな！」

呆れた顔をしていると、ぽんと肩を叩かれた。有無を言わせない女帝の瞳に射貫かれる。

「そういう訳で、身分の心配はありませんわ。三日月の会の規則にもあるでしょう？」

「「カナちゃんも入りなよ！　予算でお菓子食べ放題だよ」」

……お菓子食べ放題？

「過去の優秀な先輩方が残した資料があるので、学園でのテスト対策も万全です」

……何、そのおいしい特典！　でも、こんな濃い人たちの中で平凡な私がやっていけるはずないし……。

「カナデ、一緒に御茶会を極めましょう。そう、お菓子と紅茶で世界を幸せにするのですわ……！」

――女帝の言葉は私の心を大いに揺さ振った。

「入ります……いえ、ぜひ入らせてください。お菓子で世界征服するために‼」

メラメラと私の心が燃え上がる。

（多額の予算が出るのなら、色々とできることがあるよね。私の密かな野望……誰もが簡単にお菓子を買える世界を作るために！）

この世界では、お菓子は高級品という部類に入る。お菓子屋さんの作ったものは確かにおいしい。……だけどたまに前世で好んで食べていたチープな味が恋しくなるのだ。高級品もいいけど、庶民菓子も食べたい。それには色々とやらねばならないことがあるだろう。

（甘味の元となる砂糖や蜂蜜の量産とかね！）

今まではお爺ちゃんの残したお金を無暗に使えないと諦めていたけれど、三日月の会に入ればそれができる。

（予算の力は偉大なり！　それにテスト対策が魅力的すぎた。座学はいつも赤点ギリギリで、補習の常連だからね！）

「ふふふ、三日月の会は大型新人を迎えることができたわ」

女帝は悪役令嬢のような艶然とした笑みを浮かべた。

「お菓子について色々語りましょうね、カナデさん」

「よろしくお願いします、カナデお嬢様」

「「カナちゃん、よろしく～」」

「はい、こちらこそよろしくお願いします。先輩方！」

「今日は無礼講ですわ、オーッホホホホホ！」

女帝——エリザベート会長の高笑いを合図に、秘密の御茶会が始まるのだった。


寮の部屋に帰ると、キッチンから肉の焼けた香ばしい匂いが漂っている。私が合鍵を渡しているのはただひとり。

「ロアナ、ただいま！」

「お帰りなさい。今日はグルーミーラビットのステーキよ」

「やったー！」

私たちが友人になってしばらくしてから、ロアナには食費を出す代わりに夕飯を作ってもらうようになった。

お帰りなさいと言われるのは新鮮で、私は自然と笑顔になってしまう。

「あのね、私、クラブ活動を始めることにしたの！」

「どこのクラブ？」

「聞いて驚け！　なんと……三日月の会だよ！」

「あら、本当に入ったの？　カナデなら断ると思っていたわ」

予想に反したロアナの反応に、私は不安になる。

「それって、どういう意味……？」

「だって、カナデは権力を持つ人が苦手でしょう？　会長のエリザベート様は水の国の次期女王だし、副会長のガブリエラ様は風の国の侯爵令嬢。バルミロ様は伯爵位をすでにお持ちよ」

「う、うへぇっ!?　と、特上の権力者ばっかりじゃん。でも、サーリヤ先輩たちは平民だし……」

救いを求めるようにロアナを見上げれば、彼女は首を横に振った。

「あの双子は空の国の公爵のご落胤よ。それにお母様は人族一有名な歌姫で、各国と深い繋がりがあるわ」

「のぉぉおお！　権力者しかいねぇ……なんでこんな場違いなクラブに入ってしまったんだ！」

「まったく、短慮なんだから。……まあ、同じ穴の貉《むじな》とも言えるけど」

ロアナは呆れた声でそう言うと、夕食の準備を再開する。

「本当に馬鹿ね。わたしの恩人とは思えないぐらい」

「もっと私を敬っていいんだよ！」

「……アホね。まったく、最初見た時は、こんなに手のかかる子だとは思わなかったのに」

ロアナは目を細めながら、私との出会いを懐かしそうに語るのだった――

わたし、ロアナ・キャンベルがあの子――カナデと出会ったのは三回目のルナリア魔法学園の入学試験のことだった。

受験するには明らかに低すぎる年齢と、世にも珍しい黒髪黒目の女の子。……独特な存在感を放ち、すごく目立っていた。

彼女はいったい何者なのか。同じ教室だった受験生は皆気になっていただろう。

だけど筆記試験が終わった後、彼女が顔を青ざめながら机に頭をぶつける奇行に警戒して、誰も声がかけられなかった。

わたしは他人を気にしていられるほど余裕がなかったから、特に彼女と関わろうとはしなかった。

「実技試験の前に魔力検査を行う。これは属性数と魔力指数を量るもので、試験に大きく加算されるものになる。受験番号順に並びたまえ」

試験官の声に従い、わたしは魔力測定の列に並んだ。

特に目新しさはない。魔法の発展した空の国でも、魔力を持って生まれてくる子どもは珍しく、そのほぼすべてが貴族階級だ。そのため、優秀な人材の取りこぼしがないように、貴族の子どもは、生まれたら必ず王宮で魔力検査をする決まりがある。

だからわたしも自分の魔力の性質は知っていた。

水・光・火の属性を持ち、魔力量はそれなりに多い。魔力持ちの中では上の下といったところだろうか。

「次、受験番号４３５。ロアナ・キャンベル子爵令嬢」

「はい」

貧乏子爵令嬢のわたしに注目する者などおらず、魔力検査は手早く終わった。

教室の隅でぼうっとしていると、ついに最後の受験生の番になった。

「次、受験番号４４４、カナデ」

「はい」

ガチガチに緊張した彼女は、手と足を一緒に出して歩き水晶の前に立つ。そして、恐る恐るというふうに手をかざした。

「は、離れない⁉」

「そのままでいなさい」

カナデは初めて魔力検査を行うようで、軽く取り乱していた。

しかし、彼女の様子を気にかける者などおらず、皆、水晶を食い入るように見ている。

六色の糸が現れた。これは人族が持つことができる、火・水・風・土・光・闇、すべての属性を持つ証だ。

（六つの属性なんて、百年に一人の逸材じゃない……！）

周囲の驚きをよそに、水晶の中は変化し続けていく。糸が溶け合い、霧散した後、水晶の中が白銀の光に包まれる。

「そんな……あり得ない……！」

白銀の色。それは、気の遠くなるような昔に、神様が愚かな人族から奪い取ったとされる属性。この世の理から外れた現象を創造する力だ。

（昨年亡くなられた、伝説の魔法使いが使えるって噂で聞いたことはあったけど……。この子は本当に何者なの……？）

「何これぇぇえええ!?」

カナデが叫び声を上げると同時に、彼女の魔力に耐えられなくなった水晶にヒビが入り、あっけなく砕け散る。

「――――――――」

わたしが聞いたことのない言語を話したかと思ったら、カナデの右手が黒と白銀の混じった光を放つ。そして砕け散った水晶が、まるで時間が巻き戻ったかのように元通りになる。

コトリと床に落ちる水晶。がくんと膝をつき、カナデは意識を失った。

しばらくの間、教室内は沈黙に包まれる。やがて我に返った試験官のひとりが彼女を抱え、どこかへ運んで行った。

「……神属性」

私はその奇跡の名を呟く。

神から至高の才を授かり生まれてきた少女。

奇跡というものがあるのなら、きっとカナデのことを言うのだろう。

わたしは三回目にして、人族領最高峰の魔法教育機関であるルナリア魔法学園へ入学を果たす。

黒髪黒目の彼女とは同じクラスになったけれど、特に交流がなかった。

彼女は、あの伝説の魔法使いポルネリウス様の孫にあたるという。入学と同時にその情報が国内外を駆け巡った。

そんなカナデの身分は平民。学園内に止まらず、貴族たちは我先にと彼女を手に入れようと、水面下で争いが激化していく。

「……皆、馬鹿みたい」

カナデはいつもひとりだった。

幼くして家族を亡くしているからか、彼女の精神は早熟だ。

しかし、孤独に俯く姿は痛々しい。

だからといって、わたしはカナデに近づくことはなかった。

(貧乏貴族のわたしを派閥に入れようとする人なんていないから、完全な蚊帳の外だもの。好んで争いの渦中にのまれることはないわ)

そうやって高みの見物気分だったことに罰が当たったのか、わたしはとんでもない失態を演じてしまう。

水魔法の自主練習中に、空の国第五王子であるマティアス殿下の顔面に魔法をぶつけてしまったのだ。

「俺に水をかけるとはいい度胸だな、ロアナ・キャンベル子爵令嬢？」

国王の愛児と呼ばれるマティアス殿下は、王族らしい傲慢《ごうまん》さを表しながら、わたしを見下ろす。

「子爵令嬢ごときがマティアス殿下に……極刑ものですな」

「身の程を弁《わきま》えられない者など、同じ空の国貴族とは思いたくないですね」

「申し訳ありません！　その……故意に行ったのではないのです」

一応、『学園内において生徒の身分の上下はないものとする』という校則があるが、それを守る者などいない。つまりわたしは人生最大の窮地に陥っていた。

（このままだと、実家が取り潰されるわ！　必死に勉強して入学したのに！　入学から一か月で退学とか笑えないわ。何年もかけて貯めた入学金と授業料は支払い済みなのよ？　気軽に退学なんてできやしないのよ、誰か、誰かわたしを助けて！）

どこかにわたしを救ってくれる王子様がいないものかと周りを見るが、当然、人っ子ひとり見当たらない。

（そりゃそうよね。本物の王子様は目の前にいるし、誰も王子ともめている末端貴族なんて助けようなんて思わないわ）

わたしもそんな場面を見たら関わらないように身を隠すだろう。

「聞いているのか！」

「うきゃっ」

取り巻きのひとりに突き飛ばされ、尻餅をつく。

（……お尻が痛い。貴族ともあろうものが、女を突き飛ばすなんて）

マティアス殿下は、酷薄な笑みを浮かべるだけだ。

すべてを諦めかけたその時、視界の端に小さな黒い物体を捉えた。カナデだ。

魔法に関しては天才であっても、七歳の少女に王子たちを蹴散らしてくださいなんて頼めない。

（だからお願い！　誰か先生を呼んできて……）

わたしの思いが届いたのか、少女がこちらに気づいた。そして露骨に嫌な顔をすると、そのまま走り出してしまう。

「えっ、助けを呼んできてくれますわよね⁉　放置とかしませんわよね⁉」

思わず私は心の声を口に出してしまう。するとマティアス殿下たちの目の色が変わった。どうやら狙いをわたしから少女に変えたらしい。

（ああ、ごめんなさい！　そんなつもりはなかったの。自分より年下の女の子を生贄にするなんて、最低な女じゃない……！）

後悔の念の中に、王族に対する怒りが生まれる。

キャンベル子爵家は百年ほど前まで高位貴族だった。

しかし、当時の王に無理難題を押しつけられて疎《うと》まれ、侯爵から子爵まで地位を落とすことになる。

元々わたしは、王家に対する忠誠心は薄かった。しかし、目の前でカナデを嬲《なぶ》るマティアス殿下を見て確信する。

（……地位なんて関係ない。身分なんて頼りない。王族はわたしを見てくれない。大切なものは、自分の手で守らなくてはならないんだわ……！）

身分制度の恩恵を受けているはずの貴族の身分でそんなことを思ってしまうということは、やはりわたしも、『偽りの罪人』と呼ばれるキャンベル家の血を持つ人の子なのだろう。

自分の生きてきた矜持《きょうじ》を守るため、愛する人たちを守るため、わたしは王族にも負けない強さが欲しいと思った。

だから、紆余曲折《うよきょくせつ》を経て、圧倒的な才能でマティアス殿下と理事長を翻弄《ほんろう》し、わたしの命を守ってくれたカナデに、酷く心が引かれた。

（本当に……この子は何者なの……？）

伝説の魔法使いの孫というだけではない。

彼女からは、人族の枠を超える何かがあると本能的に感じた。高位の王侯貴族はカナデを利用しようとしているが、その何かが彼らが望むような清らかなものだけとは思えない。

それでもわたしは、手を伸ばさずにはいられない。きっと彼女といれば、貴族なんて小さい枠からでは見えない世界へ飛び立てるだろう。

「貴女ほどじゃないと思うけれど？　……それで、わたしと友達になってくれるのかしら」

「うん、喜んで。学園に来てから友達ができなくて寂しかったんだ。……だから、これからよろしくね、ロアナ！」

「よろしく、カナデ」

勇気を出して言った言葉に、カナデは企《たくら》みのない、純真な笑顔を浮かべた。

貴族の中にいては、利益関係を無視した友人を作るのは不可能といってもいい。だから、わたしも今まで本当の友人がいなかったし、この先、できるとも思っていなかった。

（カナデ、今度はわたしが守るわ。見返りなんていらない。誰に定められたものでもない。ただ、わたしがそうしたいからよ。友人だもの）

こうして、わたしはカナデと友人になった――


「お話とは、いったいなんでしょうか、理事長」

カナデと友人になって三日経った頃、わたしは内密に理事長に呼び出された。何を言われるかは予想がついている。

（……十中八九、カナデのことでしょうね）

空の国の第五王子がカナデ――ついでにわたし――と問題を起こしたことで、学園内の派閥争いの様子が変わった。第五王子の手前、空の国の幾つかの派閥の身動きが取り辛くなり、他国の派閥が勢いづいているのだ。

そしてカナデと友人になったわたしは、各派閥からカナデとの間を取り持ってほしいと頼まれた。

（馬鹿な人たち。わたしが利害関係を持たずに作った初めての友人を売るような真似をすると思う？　貧乏貴族令嬢の交渉力を舐めないでほしいわ。弱いからこそ、力の強い者の躱し方は心得て

いるもの）

そして理事長もカナデを利用しようとする一人だろう。

他の者たちとは幾分かマシだが、あの人は空の王の弟君で、国のためならば何を利用するのも厭《いと》わない、恐ろしい王族だ。

「先日はマティアスがすみませんでしたね、キャンベルさん」

「いいえ。わたしの不注意が原因ですわ」

「しかし、マティアスが仕出かしたことは、紳士として許されないことです。キャンベルさんやカナデさんに対して変な情報が流れないように、こちらで対処いたしましょう」

キャンベル家の風評についても対処してやるから、これから言うことに協力しろということだろうか。

（わたしを……いいえ、キャンベル家を馬鹿にしているわね。貧乏貴族の覚悟を舐めているわ。とっくの昔にキャンベル家は貴族でなくなる覚悟をしているもの）

きっと、理事長からすれば、貧乏貴族令嬢にはもったいないほどの配慮なのだろう。だが、その配慮の先には、カナデを王家に取り込みたいという思惑が透けて見える。

わたしは感情を読ませない、貴族らしい微笑を浮かべた。

「お気遣いありがとうございます。一生徒として、理事長に頼ることがあった時は、よろしくお願いします」

暗に王族としてではなく、理事長としてならば、そのありがた迷惑な好意を受け付けると示した。

「……分かりました。そうそう、学内での派閥争いについては知っていますね？」

「……詳しくは存じません」

理事長はわたしの嘘を見破ったのか、そのまま話を続けた。

「先日陛下にお会いした時に、学園の内情を報告したのです。そうしましたら、七歳の少女に危険が迫るのは好ましくない、学業に専念して欲しいとのお言葉を頂きまして、カナデさんを見守ってもらうことにしたのです。その名誉ある役を、キャンベルさんにお願いしたいのです」

(何が見守るよ。空の国以外にカナデが取り込まれないように見張る監視役じゃない。しかもこれ、完全に脅しよね?)

だが、是《ぜ》が非《ひ》でもカナデを空の国に取り込みたい気持ちも分かる。

この空の国が人族領の中で一番の魔法技術を誇るのは、伝説の魔法使いポルネリウス様がいたからだ。彼の魔法技術により、人族の魔法は著しく成長した。しかし、彼が突然隠居した五十年前を境に、魔法技術は停滞する。

そして昨年、かの魔法使いが死んだことも合わせて、この国は焦っているのだろう。だからカナデを絶対に手放したくないのだ。

(……理事長には悪いけれど、カナデはこの国に縛り付けておけるような子じゃない。一瞬で他国に飛んでお菓子を買ってくるような子で、自分の才能に無頓着、そして王侯貴族に憧れはなく、むしろ関わりたくないと思っている。……そんな子が王族の思う通りに動く駒になってくれるかしら? 絶対に無理よ)

普通の王族の価値観では、カナデを怒らせる結果になるだけだろう。

だとしても、わたしが監視役を断るのは望ましくない。他の誰かが監視役になれば、どんなことを上に報告されるか分からない。

「わたしもカナデが心配ですし……」

「そうですか。では、こちらを常に持っていてください」

渡されたのは小さな笛だった。

「音無し笛と言って、音は鳴らないけれど、特定の相手には笛を鳴らしたことが伝わるようになっている魔道具です」

「この笛を吹くと誰に連絡が行くのですか?」

「私に直接連絡が行くようになっています。カナデさんが強引な生徒に絡まれていたり、学園から逃走しそうになった時に吹いてください」

「つまりはカナデが危機に見舞われたら吹けということですね。承知しました。それでは理事長、交渉といきましょうか。……食券ひと月六十枚でどうでしょう?」

「は⁉」

私が条件を出すと、理事長は素っ頓狂な声を出した。それに噴き出しそうになるのを堪えつつ、わたしは交渉を続ける。

「引き受けるだなんて、一言も口にしていないと思うのですけど」

(従順そうなわたしが、交渉なんて言って驚いたのかしら? 金にがめつい、貧乏子爵令嬢がタダで動く訳がないじゃない。王族だろうがなんだろうが知ったことではないわ)

わたしは頬に手を当てながら、小さく息を吐く。

「理事長、見守る側も見守られる側も一種の労働だと思いますわ。これは理事長の好意なのでしょうけど、学業に専念する学生にとってはあまり良いことではありません。陛下の言う、学生の本分が全うできない可能性もあるのですから。それを補う対価は必要でしょう？」

「……分かりました」

理事長は降参するように両手を挙げた。

「まあ！　冗談でしたのに理事長は気前がいいのですね。さすがはルナリアの長ですわ。憧れます」

「……キャンベルさんは、外交官に向いていると思いますよ」

「外交官なんて、わたしには恐れ多いですわ。それに……わたしには色々やりたいことがあるのです。今は確定した将来像は考え付きません」

お金を扱う仕事がしたい。それが商人になることで叶うのかは分からないけれど、学園で学ぶ間に色々考えたいと思っている。

「それでは理事長、授業があるので失礼しますわ」

音無し笛を受け取り、わたしは理事長室を後にする。

そして廊下を歩き、人気のない通路に入った瞬間、拳を握って身体に引き寄せる。

「これで毎月のカナデとわたしの昼食代が浮いたわーー！」

わたしはホクホクの笑顔で、カナデの待つ教室へと向かうのだった。

話をしている間に、グルーミーラビットのステーキが焼き上がった。

わたしはそれをお皿に盛ると、ナイフとフォークを握りしめた、腹ぺこのカナデの前に置いた。

「いただきます！」

カナデはいつも食事の前に、この言葉を紡ぐ。

食物の生命に感謝する儀式だと彼女は言っていたが、わたしが調べた限り、どの国にもそのような文化を持つところはない。

（本当に不思議な子。でもわたしは、カナデにどうしようもなく惹かれているのよね）

わたしはきっと、ただのどこにでもいる貧乏貴族令嬢として一生を終えるはずだった。

だけど、カナデと出会ったことで、わたしは自分だけでは開けなかった扉を開けられたはずだ。

「……本当にいい食べっぷりね。作る甲斐があるわ」

「ロアナの料理は世界一だよ！　さすが私の嫁！」

「はいはい」

カナデは器用にナイフを使い、とてもおいしそうにステーキを頬張る。

その姿は年相応で、いずれ人族史に名を刻むような才能を秘めているとは思えない。

（……カナデとの出会いは、わたしにとって運命を　変えるものになる。そんな予感がするわ）

わたしはそんなことを考えながら、キッチンへデザートを取りに行く。

この可愛い珍獣を手懐けるのには、甘いものを与えるのが一番なのだ。

魔法武芸大会編

一・絶望⁉　単位修得は非情なり

ルナリア魔法学園は四年制で、その授業は多岐に亘《わた》る。

基礎科目が多い一年生は、魔法と関係ないことまで学ぶ。

数学にマナー、乗馬、そして……武芸だ。

（武芸を必修にした奴、マジハゲろ。魔法使いが武芸って……そりゃ魔法騎士科があるのは知っているよ？　でもさ、それならその人たちだけがやればいいじゃん。武芸のぶの字も知らない、私には絶対に無理だから！）

今日は武芸授業の初日。

授業が行われる訓練場は、前世の野球場ほどの大きさで周りを背の高いフェンスで囲まれている。

私は朝から憂鬱だった。周りを見ると、同じように悲壮な表情を浮かべている人がチラホラいる。

貴族の嗜《たしな》みとやらで、男子は強制的に武芸訓練を受けている者も多い。しかし、女子はやはりその限りではない。

「ロアナ、私は武芸とか習ったことがないんだけど……」

「わたしは斧と弓矢なら得意よ」

「斧と弓⁉　なんかカッコいいね」

「薪割りと狩りよ。貧乏貴族に優雅に剣を振るう時間があると思う？」

「ごめんなさい」

私たちがなんとも言えない表情で話していると、授業担当の先生が来た。

思わず恨みがましい目で見てしまう。

（なんで必修なんだよ。単位取らないと卒業できないだなんて……）

私の念は伝わることなく、先生は淡々と授業の説明を始めた。

「授業を始めるぞ。皆知っている通り、この授業は必修だ。武術を嗜んだことのない者も多いと思うが、一応単位を取得するための救済措置はある。だがこれは真面目に授業を受けた者にのみ、機会が与えられるからな。それと怪我については心配するな、手伝いで治癒魔法の得意な先輩や魔法薬学科専攻の先輩がいる。怪我したら見てもらえ」

「「「はーい」」」

どう足掻いても真面目に授業を受けないといけないらしい。

（……だったらやってやるよ、カナデ聖剣伝説の始まりだよ！）

私は半ばやけになっていた。

「それでは各自、気にいった木製武器を選んで、とりあえず素振りしてみろ」

（も、木製武器だけどな……！）

武器の山を漁ると色々出てきた。大剣を模したものや、私の身長ぐらいある長い剣、はたまた短剣までバリエーション豊富だ。私はどれにしよう？

「……これ何だろう？」

普通サイズの剣なのに、やたら私の心を引き付ける。

手に取ってみると刀身に斜めの切りこみがいくつも入っていた。試しに引っ張ってみると、ワイヤーのような糸と一緒に外れた。

「これはまさしく……かの有名な蛇腹剣《じゃばらけん》！」

憧れの武器ベスト3に確実にランクインするであろう、ロマン武器！　近距離・中距離と広範囲で戦える鞭と剣の良い特性を合わせた武器と見せかけておいて、実は欠点だらけの代物だ。

（……でも、そんなことが気にならないほどカッコいい！　木刀だけど本物に出会えるだなんて、感激……）

私は迷わず蛇腹剣を手に取り頬擦りをする。この子は私の運命だ。

早速、素振りしてみることにした。

（蛇腹剣の場合はただ振るんじゃなくて、回すようにした方がいいのかな？　とりあえずやってみよー）

「ていやぁっ」

手首のスナップを効かせ、舞うように素振りをする。すると蛇腹剣の刀身が弧を描くように分裂し、そして……私に巻きついた。

「ぐぅぇえええ」

「ちょっと、何を遊んでいるのよ！」

「ご、ごれがあぞんでいるように見えるがぁぁああ」

アニメのサービスシーンで悶えるヒロインのような余裕は私には微塵もなかった。

「腹が、足が、顔が締まるぅぅううう。お助けぇえええええ！」

「はっ、お前は剣も満足に振るうこともできないのか？」

第五王子がいきなり現れたかと思ったら、私を見て鼻を鳴らした。

……いいから助けろや！

「ろ、ロアナ……」

「ほらカナデ、じっとしていなさい」

ロアナが絡みついた蛇腹剣を解いてくれた。

木刀じゃなきゃ、私は死んでいただろう。

「そんな戦場で役に立たない欠陥武器を選ぶなんてな。お前見る目ないいんじゃないか？」

「ああん？　私のことを馬鹿にするのは百歩譲って許そう。だけど蛇腹剣を馬鹿にするのは許せないんだよ、このアホボンがぁぁあああ」

私は完全に頭に血が上っていた。

「なっ、俺は王子だぞ！」

「知るかボケナス！　いざとなれば国外逃亡するからお前なんて怖くないいんだよ！」

「言わせておけばっ、俺と勝負しろ、平民！」

「はぁ？　なんでそんな面倒なことをしなきゃならないいんですかー？」

「所詮は欠陥武器を選ぶような女か」

「上等だ、コラー！　勝負でもなんでもやってやるよ、後で吠え面かいても知らないいんだからね！」

「こっちの台詞だ！」

「はい、やめなさい。ふたりとも」

ポンッと頭を軽く叩かれた。

振り向くとそこには――見知らぬ眼鏡がいた。

「……どちら様ですか？」

「このたび、こちらの馬――じゃなくて、第五王子マティアス殿下の側近を務めることになってしまったベルナール・オンズローです。どうぞ気軽にベルナとお呼びください」

この人、第五王子に馬鹿って言いかけたよ。いや、馬鹿なのは本当だけども。

「……カナデです。えっと、ベルナさん？」

「ロアナ・キャンベルですわ」

「おい、ベルナ。お前、主人が侮辱されて――」

「何が主人ですか。貴方の側近のふたりが消えたから、悠々自適に魔法漬けの学生生活を送ろうとしていた僕に、お鉢が回って来たんじゃないですか。まったく、勉強の時間が減るので問題行動は慎んでください」

「ぐぅうう……」

消えたって……そう言えば、最近あの取り巻きコンビを見なかったな。うーん……深く考えるのは止めよう。

「僕は以前からカナデ嬢とお話がしたかったんです。殿下のことは脇に置いておいて、僕とは仲良くしてください。ぜひ、魔法談義をしましょう！　きっと有意義なものになります」

「うぇぇぇぇぇ」

ベルナさんは私の手を取ると、そっと口づけを落とした。

するとロアナがベルナさんの手をはたき落とし、私の前に立つ。

「交渉しだいですわ」

何を言っちゃっているの、ロアナさん！

「……その時は、お手柔らかにね。ロアナ嬢」

「……ふふっ。そうね」

何故か火花が散っているように見えるんですけど⁉

「俺を置き去りにするな！」

止めときなよ、第五王子！

そのふたりには関わらないほうがいいって、絶対に敵わないって！

「カナデ、顔と手足が切れて血が出ているわ。それに服も汚れている」

「あっ、本当だ」

私は洗浄の魔法と治癒魔法をかける。

カッコよさの重要性を示すために青と白の二つの魔法陣エフェクトを出した。もちろん、魔法自体には関係ない。

「ロアナ、どう？」

「大丈夫よ。傷も塞がっているし、汚れも取れているわ」

「ふんっ、大したことないな」

「黙ってください、馬鹿王子。大したことありますよ、どういう仕組みなんですか⁉」

ベルナさんが鼻息を荒くさせながら私へと近づいてくる。

「ふぎゃぁぁあああ」

「カナデ、早くわたしの後ろに隠れなさい！」

危険を察知し、即座にロアナの後に回り込んで威嚇《いかく》する。

そんな警戒モードの私に後ろから遠慮がちに声がかけられた。

「怪我したようだから来たんだが……」

「あ、自分で治しちゃいました」

ボサボサ髪を一つにくくり、丸い眼鏡をかけた学生が私に話しかけてきた。

先生の言っていた、手伝いの上級生だろう。

「そうか。だが心配だから一応一緒に医務室に来てもらうけどいいか？　先生の許可は取ってある」

つまり合法的にサボれると！　行きます、ついて行きまーす。

「分かりました！」

「早めに戻ってくるのよ。このふたりは、わたしがどうにかしておくから」

「ありがとう、ロアナ」

私はボサボサ髪の先輩の後に着いて行く。

訓練場を出て、近くの建物に入ると、急に先輩が立ち止まった。

「あの……どうかしたんですか？　まさか、道に迷って——はぐぅう」

いきなり先輩に白い布を口元に押し付けられたかと思ったら、急に視界がぐらりと歪んだ。

（……はれ？　にゃにこれ？）

私の意識が途切れる寸前、「解析だ、解析～♪」と愉快そうな声が聞こえたような気がした。


なんだか身体が怠《だる》い……。

重い瞼《まぶた》を開けると、見慣れない天井が現れた。軽く身動《みじろ》ぎすると、いつもと違うシーツの匂いがする。

（こ、これはドラマとか少女漫画でお馴染みの『お持ち帰りされちゃった☆』展開なのでは⁉）

私の意識は一気に覚醒する。

ぐわっと目を見開き、隣を見る。広いベッドに横たわるのは私ひとり。そして一切乱れのない自分の着衣を見て、思い出す。

（私、今は七歳の子どもだったぁぁぁああ！　何がドラマや少女漫画だよ。誘拐、幼女監禁！　二時間サスペンスドラマ展開だよ！）

おそらく、私の役割は序盤で痛ましく殺される被害者少女A役だろう。

「……はぁ。拘束とか監視はないみたいだし、危機的状況ではないかな」

私は解毒魔法をかけて身体の怠さを取り除く。

解毒魔法は私のオリジナル魔法だ。前世の医療知識から編み出した、身体に害をなす異物を取り除く魔法。薬の効果なんかも消してしまうが、基本健康体の私は特に不便はない。

「さて、これからどうするかなー」

私は焦りも恐怖も無かった。誘拐の類には、ここ一年で慣れてしまった。お爺ちゃんが死んでからというもの、私を誘拐しようとした輩《やから》は、数えるのが面倒なほど湧いて出た。……まるで黒いアレのように。

ある者は遺産目当て、またある者は私の黒髪黒目目当て……共通するのは奴らが貴族、またはその息がかかった奴らだった。

そんな訳で、私は基本的に上流階級……特に貴族を信用していないのである。

でも、ロアナは別だ。誇り高い貧乏貴族だし、何より友達だから。

「とりあえず、現状を把握しないとね。……確か蛇腹剣を素振りして怪我をして、魔法で治療して、その後……そ、そうだ、ボサボサ眼鏡の先輩に変な液体を嗅がされたんだっけ」

ということは、あの先輩が今回の誘拐犯か。

――ガチャリ

ノックもなしに扉が開く。

現れたのは、誘拐犯のボサボサ眼鏡の先輩だ。

私は脅えた表情を見せつつ、いつでも攻撃魔法を放てるように準備する。

「か、解析させてくれぇ……」

(も、もしかして、ロから始まってンで終わる幼女愛好者⁉ 先輩は十代前半みたいだけど)

ボサボサ眼鏡の先輩は、両手をワキワキと妖しく動かしながら、息を荒くして近づいて来る。

「なんにせよ、幼女愛好者《ロリコン》死すべし! 滅びろ、変態!」

私は身体強化した手で、渾身《こんしん》の右ストレートを放った。


結果から言おう、先輩は幼女愛好者ではなかった。

「つまり、私が魔法を使う時に見せた魔法陣を解析したくて誘拐したと……馬鹿ですか——いや、馬鹿だろ」

もはや相手が貴族子息だろうが先輩だろうが関係ない。

誘拐犯に気を使う必要なんてないのだ。

ボサボサ眼鏡の先輩は正座状態で拘束魔法の鎖でグルグル巻きにしている。

右頬が腫れているのは見ないようにした。正当防衛だもーん、私は悪くないもーん。

「解析だけではない。魔法陣談義もしたくて……」

「それで誘拐しているから馬鹿だって言っているんだよ!」

他にも色々手段があるでしょうが！　誘拐された私が言うのもなんだけど！

「先輩は貴族子息だよね？」

「そうだな。伯爵家の長男だ」

「その身分を使って私を脅せば良かったんじゃない？」

実際にそういう輩は多い。私が受け継いだお爺ちゃんの魔法が欲しいのか、権力を盾に服従を迫るのだ。まあ、学園に入ってからは不思議とそういうことはない。……第五王子を除いて。

「何故そんな面倒なことをしなくてはいけないんだ。謀《はかりごと》を考える暇があるなら、魔法陣について研究したほうが効率的だろう！　それに目の前には未知の魔法陣を使う者がいる。ならば解せ——共に魔法陣について熱く語るべきじゃないか。さぁ、語ろう！　魔法陣の未来のために！」

（す、救いようのない魔法陣馬鹿だぁぁああああ！）

性質が悪いことに、この馬鹿はどちらかと言えば善寄りだ。

権力を使って脅したりしないし、私を見下してもいない。……だからって誘拐犯には変わりない。

興奮して再びハアハアと息を荒くする先輩に、思わずゴミを見るような視線を向けてしまう。

……私は悪くねぇ！

——バンッ

扉が勢いよく開け放たれ、ロアナが焦った様子で現れた。

「カナデ！」

「ロアナ！」

「ぐふぉあああ」

ロアナが魔法で拘束された先輩を容赦なく蹴り飛ばし、私を抱きしめた。ちょっと怖いが、余程心配していたのだろう、ロアナは少し震えていた。

「怪我は!?」

「ないよ。だから安心して」

ホッとロアナが安心した顔を見せると、次の瞬間には般若《はんにゃ》の顔で先輩を見下ろしていた。

「そこのクズ、名前は？」

「二年のサルバドール・ガラン。歳は十二だ」

蹴られて床に這いつくばっている先輩は何事もなかったかのように自己紹介した。

「同い年で先輩……くっ」

ロアナは一瞬、悔しそうに顔を歪ませた。

ルナリア魔法学園の平均入学年齢は十八歳だ。だから、十二歳で入学のロアナもすごいが、十一歳で入学した先輩はもっとすごいのだ。私？　裏口入学だからね、本当にすみませんでした！

「頭がいいのに誘拐なんて……馬鹿と天才は紙一重……」

思わずボソッと私は呟いた。

「それはいい表現ね」

「的確だな！　あはっははは～」

「揶揄《やゆ》されたご本人様にまで褒められるとは思わなかったよ！」

何、この誘拐犯！　少しは自覚しようよ！

「無事ですか、カナデさん！」

私が内心で頭を抱えていると、血相を抱えた理事長が現れた。

「遅刻ですよ、理事長」

「キャンベルさん……カナデさんの場所を特定したのは私ですよ……」

「カナデを保護したのは、わたしが先です。仕事は最後まで全うするべきでは？」

「貴女の将来が色々不安です……」

「期待の間違いでは？」

しれっとロアナは理事長に言い返した。

どうも彼女は第五王子との件から色々吹っ切れたらしい。今では王族にも物怖じしない貧乏貴族令嬢へと変貌した。……ロアナさんマジ最強！

「……サルバドール・ガランくんには、誘拐罪の罰が下る。……未来ある魔法使いを危険に晒したのだから」

「ちょっと待ってください、理事長」

私は不穏な空気をぶった切った。

「罰って退学ですか？」

「それは勿論《もちろん》ですが、その他に誘拐罪の罰則を受けてもらいます」

先輩に誘拐罪の罰則が与えられるのは仕方ないだろう。だけど……。

「別に誘拐罪で先輩を罰しなくてもいいですよ」

「しかし……」

「そもそも、一平民を貴族子息が誘拐して罰せられるなんておかしくないですか？　私を誘拐したこの国の貴族は他にもいます。中には暴力を振るってきたり、毒を盛ってくるような貴族もいました。……でも、その人たちは罰せられませんでしたよ？　その人たちが罰せられなくて、成人前の学生が罰せられるのはおかしいと思います」

私は別に先輩を庇った訳じゃない。

悪意ある誘拐犯は野放しなのが気に食わないのだ。

それに先輩は馬鹿でも貴族子息。罰則を与えられるといっても、私の見えないところ。つまりは権力でどうにかして罰則を受けない可能性だってある。

「……それは、すみませんでした」

「理事長の謝ることじゃないですよ。それが人族の普通でしょう？　本当に酷いことをしてきた奴らには、兄たちと制裁を下しましたし」

「兄……？　もしかして、あの執事たちですか？」

「な、なんでもないです。とにかく先輩には誘拐犯としての罰則はなしで。代わりに学生としての罰則を与えてください。トイレ掃除三か月とかどうでしょう？」

「温《ぬる》いわね。加えて高級食材の提供はどう？　節約料理じゃなくて、パーティー料理をたまには作りたいわ」

ロアナがにやりと笑って便乗する。

私はロアナの手料理を想像し、飛び跳ねた。

「いいね！　人のお金で気兼ねなく食べられるものほど、おいしいものはないよね」

「それは私も賛成だな。食堂の料理には、いい加減飽きたと思っていた」

「アンタも食うんかい！」

先輩はきっと誘拐犯の自覚がない。罪の意識持ちましょうか！

「反省していないわね……」

「そうだね、ロアナ。トイレ掃除と食材の提供、さらに貸し一つでどう？」

一度『これは貸しだからな！』って言ってみたかったのだ。

（きゃー、なんか王道展開！　でも相手が誘拐犯！　……全然、心が燃えてこないね）

「それでかまわない。貸しということは、彼女との繋がりが持てる。だから解析を……」

「反省しなさい、馬鹿者が！」

「どびゅしゅぅぅう」

ロアナの鉄拳制裁が先輩を襲った。

「カナデさんがいいのなら、その処分にしましょう。今の情勢で、こちらも月の国とは揉めたくないですしね。……ガランくん、二年の学年主席なのだから、少しは落ち着きを持ちなさい」

「「学年主席!?」」

（マジで馬鹿と天才は紙一重の体現者だとは……）

理事長の爆弾発言に私とロアナは慄《おのの》いた。

「以後気を付ける、理事長。私は興味がある事柄に関しては暴走してしまう性質だが、幸いにも止めてくれる者が現れたようだからな、大丈夫だ」

「それ、わたしが貴方の御守りをしろってこと？　ふざけないでよ！　御守りはカナデひとりで十分だわ」

御守りって何よ。

「御守りって失礼な！　そんな…………ちょっとだけお世話になっているだけだよ」

確かに朝起こしてもらったり、ノートを見せてもらったり、ご飯作ってもらっているけれど……

御守りってほどじゃないはず。

「それはちょうどいい。私もお世話になろう。よろしくな、カナデ、ロアナ」

「私と先輩を同列に語らないでよ！」

「サルバドール、もしくはサルバでいいぞ。親しい者はそう呼ぶ」

「もう訳が分からないよ。なんで誘拐犯が、会話の主導権握っているの！」

サルバ先輩は私の肩をぽんっと叩いた。

「そう落ち込むな。今回のことは色々すまなかった、カナデ」

「ここで謝罪⁉」

マイペース具合に恐れ慄いている私を置いて、サルバ先輩は饒舌《じょうぜつ》に話し出す。

「それはそれとして、魔法陣について語ろうじゃないか！　あの青と白の魔法陣はなんだ。洗浄と治癒の魔法陣では見たこともないものだった！　刻まれた文様も私が知る文字のどれとも違う。どんな意味があるんだ⁉　他にどんな魔法陣を知っている⁉　ああ、聞きたいことが溢れてくる！未知の知識、魔法陣の無限の可能性！　カナデ、やはりお前のすべてを解析させ――」

「いい加減にしなさい、サルバドール！」

「へぶしぃぃいいいい」

サルバ先輩に殴りかかるロアナを無視しつつ、私と理事長は目線で会話して居心地の悪さを共有した。

（あの魔法陣がなんの意味もないって知ったらサルバ先輩どう思うんだろう？　どっちにしろ面倒なことになるだろうから、全部無視でいいか）


その後、サルバ先輩は私が止めるまでロアナに殴られ続けていた。

しかしサルバ先輩自体は殴られたことに対して何も思っていないようだった。

サルバ先輩は精神だけではなく、肉体も打たれ強かった。ロアナの名誉のために言っておくが、普段の彼女は決して暴力的ではない。むしろ仲裁する方だ。

でもサルバ先輩だけは特別なようだ……恋愛的な意味じゃなくて、サルバ先輩がどうしようもないからだと思う。


今回の誘拐事件で改めて私は悟った。

……ロアナにだけは、逆らわないようにしよう。


サルバ先輩の誘拐事件から一週間が経った。

のほほんとロアナと一緒にピクニック気分で昼食を取っていると、突然第五王子が現れた。しかも、仁王立ちで。

いつも思うけど、なんでこんなに偉そうなのだろうか。まあ、実際偉い立場だけど。

「おい黒髪、この間言った通り俺と勝負しろ」

その言葉と共に投げられたのは木刀だった。

私は投げられた木刀を華麗に弾き飛ばす。

カランと虚しい音をたてながら木刀は地面に投げ出された。

何かよく分からないけれど、木刀を受け取ったら面倒なことになりそうだと私の本能が警告している。この判断は恐らく正解だ。

「なんで受け取らないんだ！」

「むしろ、なんで受け取らないといけないの？」

（私、第五王子に何かしたっけ？　身に覚えがないんだけど）

憤怒の表情で私を睨みつける第五王子、黙々と昼食を取りつつ面倒事は早く片付けろと視線で促すロアナ、そしてそれらをまるっと無視する私。

（……うーん、混沌と化しているよ）

しかし、ずっとこの状態では良からぬ噂が立つかもしれない。ここは穏便かつスマートに対応して、第五王子には消えてもらおう。

（……この言い方だと何だか物騒だな。世の中、平和が一番。ラブ・アンド・ピースだよね！）

「勝負ってなんのことですか？　身に覚えがないのですが……」

「身に覚えがないだと!?　一週間前の武芸の授業で俺に言ったことを、忘れたとは言わせないぞ！」

「へ？　あぁ……はいっ！」

（ここで忘れたって言ったら、さらに面倒なことになるんだろうな……）

でも、私には心当たりがない。

……何かあったような、なかったような。誘拐事件とサルバ先輩のキャラが濃すぎて、第五王子のことなんてかき消されている。どうするかなぁ。

「カナデ嬢は忘れているようですよ、マティアス殿下」

ひょこっと、第五王子の後ろからベルナさんが出てきた。

「なっ……王族との会話を忘れているだと……？」

「なんと言いますか。殿下は実に執念深いですね」

「俺は王族としての言動に、責任を持っているだけだ！」

ベルナさんは鼻で笑う。やはり、側近としての振る舞いには見えない。

「つい先日まで、我儘好き放題だった馬鹿王子が何を言っているんだか」

ごもっともな意見だ。

「おいベルナ！　主人になんて口を……」

「はいはい。敬って欲しいなら、それ相応の威厳を身に付けてくださいね」

「な……！」

じゃれ合う王子と側近を横目に私はロアナに問いかけた。

「ねえロアナ、第五王子と私が勝負するって武芸の授業中に言っていた？」

「言っていたわね。わたしも今まで忘れていたけれど……正直、あの馬鹿に比べれば、印象の薄い出来事だったもの」

「うへぇ、本当に言っていたんだ。全然覚えていないよ……」

「王族の言動は何よりも強いわ。これからは気を付けなさいよ」

「はーい」

ギャーギャーと騒いでいた第五王子が、くるりとこちらを振り向いた。

「そう言う訳だ。そこの木刀を持って俺と勝負しろ！」

「え？　嫌です」

無理無理無理。蛇腹剣を素振りして思ったけれど、私には武芸の才能は皆無だ。負け戦に参加するほど私は酔狂ではない。さっさと負けて第五王子と距離を置く策もあるけど……ダメだ、第五王子のムカつくドヤ顔しか浮かばない。

「なんだと……!?」

「貴方は馬鹿ですか。素人相手に自分の得意分野で勝負しろだなんて……しかも年下の女の子に」

「年下……そう言えばそうだったな。子どもらしくないから忘れていた」

「し、失礼な。正真正銘の……ナナサイジデスヨ」

思わず目が泳ぐ。

（前世年齢を足せば二十代……いやいや、前世の年齢を足すなんて聞いたことないし。私からオバサー――じゃなくて、年上の魅力が出ているわけじゃないよね？　何が言いたいかと言うと、私は子どもだよ！）

「とにかく、剣術勝負はなしですよ、殿下」

「だがそれでは……」

ベルナさんは爽やかな笑顔を浮かべる。それを見て、何故か私は鳥肌がたった。

「魔法武芸大会で決着をつけてはどうでしょう？」

しかしまさか……魔法武芸大会だなんて。

よりにもよって魔法武芸大会だなんて。そう――

「魔法武芸大会ですって………ねえロアナ、魔法武芸大会って何？」

とりあえず深刻な顔をしてみたけれど、私は魔法武芸大会を知らない。

ここは秀才のロアナさんに聞くべきだろう。

「……そんなことだろうと思ったわ。魔法武芸大会はルナリア魔法学園で、四年に一回開催される武芸大会のことよ。魔法なしとありの個人戦部門、二対二のペア部門、そして……団体戦部門。殆《ほとん》どは魔法騎士科の三・四年生の活躍の場ね。ちなみに各国の要人が大会当日に見学に来るわ。……いったいどんな裏があるのかしらね」

「裏などありませんよ、ロアナ嬢。僕はただ剣術が得意な殿下と魔法が得意なカナデ嬢が勝負できる機会があると進言しただけです。知っていますか、魔法武芸大会に出場して活躍すれば武芸の授業で好成績をもらえるのですよ？」

「ええっ、本当に⁉」

第五王子との勝負はどうでもいいが、単位は欲しい。

だって、このままじゃ絶対に単位取れない。七歳児の身体に考慮された授業じゃないし。

「個人とペア部門は武器の使用が必須ですし……団体戦部門でよろしいかと思います。お互いの得意分野と、それ以外の全く別の要素での勝負になりますから。……剣術勝負よりは公平かと」

「ではそうしよう。俺が勝ったら、黒髪は俺の言うことを何でも聞け。お前が勝ったらなんでも好きな物をくれてやる」

第五王子は尊大な口調で言った。

しかし、今の私の頭の中は『単位』でいっぱいで怒りなんて湧いてこない。

だって、少々面倒だが、武芸授業の単位が取れるかもしれないのだ。第五王子なんて眼中にない。

「単位単位単位単位単位単位単位」

「では、カナデ嬢も了承してくださったみたいですし、参加の申し込みをしてきますね」

「逃げるなよ、黒髪！」

第五王子は私を指さして言った。

「単位単位単位単位単位単位単位単位単位」

「お前、人の話を……」

「はいはい、行きますよ。殿下」

ベルナさんに引きずられて第五王子は去って行った。


「カナデ……大変なことになったわよ。あの胡散《うさん》くさい男に乗せられて……」

「え、どういうこと？」

私が疑問符を浮かべると、ロアナは深刻そうに眉間の皺を深める。

「魔法武芸大会で団体戦は花形というか……学園内での序列を示す場でもあるの。今年は誰かさんのせいで派閥関係がぐっちゃぐっちゃになっているから、出場者は少ないと思うけれど……それでも色々面倒ね。団体戦だから、メンバーも集めなくちゃならないわ。最低五人……カナデ、あてはあるの？」

「ぐぬぬ……」

「つまりわたしが言いたいのは、これを期にカナデに恩を売ろうとする貴族が現れるということよ」

「ええっ、上流階級に借りなんて作りたくないよ！　ホワイトデーの三倍返しより吹っかけられそうだしっ」

「ほわいとでーが何かは知らないけれど……なんの人脈もないカナデは、完全に不利な状況なのよ」

「のぉぉおおおお、全然公平じゃないよ！」

私は頭を抱えた。

「たぶんあの男は、カナデを魔法武芸大会に参加させることで王子が勝つ場を作りつつ、己の知識欲を満たすことができる……とか考えたんじゃないかしら。他にも別な黒い思惑が幾つも考えられるわね」

「べ、ベルナさんってヤバイ人？」

「そうね。わたしの印象だと、狡猾《こうかつ》な貴族の面を隠した魔法馬鹿って感じかしら？　ある意味同じ貴族でも、おかしな方向に魔法馬鹿のサルバドールとは正反対ね」

初対面の時になんだか本能的に近づきたくないなぁと思っていたけれど、本当近づくべきじゃない人だったなんて……私の中の野生の本能、馬鹿にできねぇ！　これからは本能に忠実に……いや、それだと人としてダメだから、それなりに本能に忠実に生きていきたいと思います！

「はぅぅ、今から勝負の変更を……」

「無理ね。今頃参加申し込みをしているだろうし、カナデの逃げ道は塞いでいると思うわ」

「どど、どうしてこうなった！」

「単位に目が眩んだから……違うわね。第五王子とあの男に目を付けられたからじゃない？　良かったわね、モテモテよ」

私は自身の劣勢に歯噛みする。

「そんなモテ期は望んでないよ！　もう、どうしたらいいのさ。私とロアナ以外のメンバーをどう賄えばいいの……？」

「……わたしは強制参加なのね……」

前世のとある偉大な冒険家が言っていました、『勝負はスタートする前に決まっている』と。

……私も誇らしげに言う立場になりたい。

「「話は聞かせてもらった！」」

「サーニャ先輩、サーリヤ先輩!?」

悩める私たちの前に突然、三日月の会のお騒がせな先輩である双子が現れた。というか、絶対におもしろがって盗み聞きしていた。

「ボクらが団体戦メンバーになってあげるよ！」

「頼もしいよね！」

「こうしてちゃんと挨拶するのは初めてですね。カナデの友人のロアナ・キャンベルですわ」

突然の先輩たちの登場にも驚かないロアナは動じなかった。適応能力高すぎだよ。

「カナちゃんから話はよく聞いているよ。ボクはサーリヤ」

「うんうん、カナちゃんを攫った時に協力してもらって以来だね。アタシはサーニャ」

「先輩方がカナデに協力する理由を聞いてもいいですか？」

訝しみながらロアナが先輩たちに尋ねる。

「「そんなの、去年武芸の単位を落としたからに決まっているよ！」」

「誇らしげにいうことじゃないと思うよ」

思わずツッコミを入れてしまった。

「魔法武芸大会は四年に一回。これに出場することが単位取得の救済措置だからね」

授業の時に言っていた、単位の救済措置が魔法武芸大会出場か。

知識も経験も少ない一年生にはきついものだろう。

「だからボクもサーニャも魔法武芸大会に出場しなきゃなんだ。個人戦とペアは武器を使うのが必須だからやる気が出ないし、団体戦に出ようと思っていたんだよ。そうしたら空の国の王子とカナちゃんが争っているし、ボクらも便乗しようかと思って」

「そうそう。派閥とは関わり合いたくないからね。アタシらと同じ完全無所属のカナちゃんと一緒なら面倒にならないし」

「完全無所属って何？　教えてロナえもん！」

どぅるるっるっるる〜と、腹から不思議道具を取り出す猫型ロボット風にロアナのことを呼んだら睨まれた。どうやらお気に召さなかったらしい。

かく言う私も、カナえもんとか呼ばれたら確実に怒るね！

「変な渾名《あだ》で呼ばないで！　……完全無所属っていうのは国や特定派閥の影響を一切受けない個人主義の生徒のことよ。実際無所属の生徒はある程度いるけど、自国や家の派閥の関係で本当の意味で影響を受けない完全無所属の生徒は学園内にごく少数しかいないわ」

「ほほう。それはつまり私のことだね！」

平民のお気楽身分で自国の王子と仲が悪い、どこにも与《くみ》しない、流離の魔法少女とは私のことさ！

「ちなみにわたしも、今は完全無所属ね」

「ボクらも国籍のない旅芸人だし」

「父親はこの国の公爵だけど、一切関係ないしね」

「あっちは認知したいらしいけど……」

「「絶対に嫌だよね！　あはははは〜」」

相変らずノリ軽いな！

「それではサーリヤ先輩、サーニャ先輩、協力してもらえますか？」

「「もちろんだよ、カナちゃん！　それにロアナちゃんもよろしくね！」」

「よろしくお願いします」

ロアナは深々とお辞儀をした。

（やっぱりロアナはいい子だよね！　さすが私の嫁！）

「先輩たちの加入で絶望的な戦況に光明が差したね。これで他の完全無所属の人を取りこめば……

どうにか大会に出場できるかもしれないよ、ロアナ！」

ロアナは顎に手をあてて、うーんと唸りながら思考する。

「先輩方の他に、完全無所属はいるのでしょうか？」

「いるよー、とびっきりなのがね」

「そう、とびっきり凄くて変なのが！」

「「二年の首席のサルバドール・ガランだよ！」」

ロアナは心底嫌そうに顔を顰めた。

「ほ、他には……」

「ロアナちゃん。ボクらのような、完全無所属の変わり者がそうそういる訳がないよ」

「アタシらとサルバの五人しかこの学園にいないよ！」

双子は手を繋ぎクルクルと回り始めた。

「「おもしろくなりそうだね！」」

普段見てて思うけど、物事をおもしろいか、おもしろくないかで判断しているよね。

件《くだん》のサルバ先輩には、誘拐事件から私は会っていない。

風の噂では真面目に毎日トイレ掃除の罰をこなしているらしい。という訳で、高級食材の提供など残りの罰も順次こなしてもらいたい所存である。

「……あれでも将来有望な学年主席らしいですし、承知しました」

そして私たちはサルバ先輩を勧誘しに行くこととなった。


「いいぞ、メンバーに加わろうではないか」

サルバ先輩はロアナに足蹴にされ、双子に顔を落書きされながら、二つ返事で了承した。

ちなみにサルバ先輩の状況には訳がある。出会いがしらにサルバ先輩が『解析させてくれー！』と私に飛び掛かってきたのだ。

そのため、私が防御結界をはってサルバ先輩を弾き、倒れたサルバ先輩が再び暴走しないようにロアナが足で押さえつけたのである。

「やけにあっさりだね、サルバ先輩。貴族なのに完全無所属っておかしくない？」

「月の国出身の学生は、私だけだからな。それに派閥争いなどという無駄な労力を使う暇は私にはない。」

「へぇ……それでサルバ先輩はどうして協力してくれるの？」

「メンバーに入れば、カナデと魔道具を共同開発できるじゃないか！」

それが目的か。実に分かりやすい。

でもね、一つ言わなくちゃならないことがあるんだ。

「私は魔道具作れないけど？」

「ええ、そうなの⁉」

ロアナが本気で驚いている。

でも、お爺ちゃんに魔道具の作り方なんて習わなかったし。

「錬金術はできるけど、さすがに魔道具は無理だよ。まだ三年生じゃないから、専門科目を受講できないし」

「はぁ……そんなことだろうと思ったわ。錬金術、錬金術ねぇ……」

ロアナは何故か遠い目をして溜息を吐いた。

「錬金術か！　それは新たな魔法陣の構想に役に立つかもしれん。今すぐに見せ――」

「お黙り、サルバドール！」

「ぐふぁっ！」

ロアナはサルバ先輩を殴ると、こんこんと説教を始めた。それはまるでダメ夫を尻に敷く恐妻だ。

ふたりに取り残されているようで居心地が悪かった。

「……イチャついていないで私の話を聞いてくれるかな？」

「イチャ……イチャついてなんかにゃいわよ！」

ロアナは噛み噛みの口調でそう言うと、恥ずかしそうにそっぽを向いた。

「魔道具作りがあるってことは、メンバーは戦闘員以外もいるってことなの？」

「そうだよ。人数の上限は十五人で実際に戦闘に参加するのは十人まで」

私の質問にサーリヤ先輩が答えた。

「武器や防具、その他の道具もぜーんぶ自分たちで作らないといけないから、役割分担することが多いみたい」

「それって五人で足りるの⁉　いや、足りないよね！　でも他に増援は見込めないし……」

「全員で分担して行うしかないでしょう。幸いにも天才がおりますし、きっとなんとかなりますわ」

「「きっと大丈夫さー♪」」

「開発……解析……」

（……この双子とサルバ先輩の頼りなさよ……）

私と同じことを思ったのか、ロアナは眉間を指で揉んでいた。

「……そうしたらリーダーを決めなくてはいけませんね」

「「ロアナちゃんだね」」

「ロアナだな」

「ロアナがんばれ～」

全員が同じ答えを出した。まあ、当然とも言える。

まず一番幼い私には無理だし、双子はリーダー向きの性格じゃない。もちろんサルバ先輩は論外。だから、しっかり者のロアナしかいないのだ。

「え、ちょっと……」

「そうしたらチーム名決めなきゃいけないね、サーリヤ」

「何がいいかな、サーニャ」

「「ねえ、カナちゃんはなにか良い案ある？」」

双子はロアナの反論を許さない。いつもふざけているけど、実は中々の策士かもしれない。

もちろん私も彼らに便乗する。

「マジカルレンジャーとかどう⁉」

五人いるなら、やっぱ戦隊モノだよね！　私は断然ミステリアスなブラック希望だよ！　クールなブルーも捨てがたいけどね。

「「ええ～、なんかダサい」」

「まじかる……？　れんじゃあ……？　何よ、それ」

「ん？　私はどんな名前だろうと気にしないぞ」

えっ……不評なの……？

戦隊モノの良さは異世界共通じゃないの⁉　皆、もっと熱くなろうよ！


散々揉めたチーム名は結局、黒組になった。

……私たちが決めたんじゃない、先生たちが決めたんだ。なんでも、自分たちでチーム名を決めると誰の名前を付けるか、順番はどうするかとかで諍《いさか》いが起きるらしく、登録順で適当なチーム名に決まるらしい。

まあ、途中からエターナルクリスタハイパースプレッドとか、ロアナと愉快な仲間たちとか、変な方向にいっていた私たちには、この勝手に名付け制度はある意味良かったのかもしれない。危うく黒歴史を量産するところだった。

申請が終わると、私は疲れた身体と心を癒やすため、三日月の会の御茶会に参加していた。

「そう言えばカナデ、魔武会《まぶかい》の団体戦に参加するようね？」

焼き菓子に舌鼓《したつづみ》を打っていると、エリザベート会長に問いかけられた。

「……まぶかい、ですか……？」

「魔法武芸大会のことですわ」

（今日、参加申請したばかりなんだけど……伝わるのが早くない？）

私は口元を引きつらせる。

「……耳が早いですね、会長」

「特別な情報網があるのですわ、オホホ」

ふと横目でエリザベート会長の隣に座るガブリエラ先輩を見ると、口元を扇子で隠しながら笑っている。

（アンタが教えたんかい！　特別な情報網近すぎるだろ！）

「それが何か会長に関係あるんですか？」

「関係大有りですわ。だって、わたくしたちも出場するのですから！」

「わたくし……たち？」

むむむ、なにかビンビンに嫌な予感がするぞ。

「わたしも出ます。よろしくね、カナデ」

「私も出ますよ」

ガブリエラ先輩とバルミロ先輩がやわらかく微笑む。

それを見た瞬間、私の背筋がぞわりと粟立つ。

「へ、へぇ……先輩たちも出るんですねー。し、知らなかったなぁ……」

「ちなみにわたくしたち三人は、マティアス殿下と同じチームですわ」

「なんですか、それ⁉」

「『敵だー‼』」

私の叫びの後に、さっきまでこちらに関心を持っていなかったサーリヤ先輩たちが続いた。

「今年は派閥に雁字搦《がんじがら》めになって団体戦に出場するチームがありませんから、遠慮せずに他派閥とも組めます。故にマティアス殿下の要請に応えることにしました。貴重な経験ですもの」

「ガブリエラ先輩……マティアス殿下の要請って……」

「カナデに勝ちたいから、同じチームになってくれと頼まれましたわ。空の国の王族に頼まれて、断る訳にもいきませんし。了承しましたの」

ガブリエラ先輩は目を細め、艶然と微笑む。

「わたくしの国も空の国とは一応は友好関係にありますし、断る理由がありませんわ。何より、カナデたちと戦える絶好の機会を無駄にはできませんもの」

「私はエリザのお目付け役です」

メラメラと派手に闘志を燃やすエリザベート会長にバルミロ先輩が補足した。

（というか、何しちゃってんの第五王子！　なんだ、俺の最強チームを作ろうか？　見るからに強そうな上級生を取り込むとか……そ、それでも男かぁぁああ！）

泣きたい気持ちをぐっと堪え、わたしは情報収集をするため、先輩方を上目遣いで見た。

「差し支えなければ、先輩たちの実力を知りたいなーなんて……」

「うふふ、カナデさんってばそんなことも知らないのね。ここは、ルナリア学園の実力者が集まる三日月の会。それぞれの学年、学科の主席に決まっているでしょう?」

「えっと、ガブリエラ先輩。それって……つまり……?」

「エリザベートは三学年魔法剣士科の主席、バルミロ様は四学年魔法薬学科の主席、わたしは三学年魔法師学科の主席よ。敵に情報を与えるなんて、わたしも後輩に甘いわね」

「後輩には優しく。勝負は正々堂々と行うことこそが、騎士道ですわ!」

単位のために立ちはだかるのが、ルナリア魔法学園最強ドリームチームとは、なんの冗談か。

本当に何してくれているのだろうか、あの第五王子……いや、ベルナさんは!

(平均年齢十二歳の下級生チームが敵う訳ないじゃん。もう、ハブとマングース! あっ、間違えた月とスッポンだよ!)

絶望に昇天しそうになる私に何を思ったのか、エリザベート会長は腰に手を当てて、ビシッとポーズを決める。重力に逆らった縦ロールの髪が揺れた。

「わたくしたちはライバルよ!」

「うぇぇぇえええん、会長たちなんか知らないよ! 大会終わるまで、口も聞いてあげないんだから!」

「それは残念ね。……情報収集ができなくて」

泣き言を言う私に、ガブリエラ先輩は笑顔で切り返す。

ここに居たら情報を全部持っていかれそうだ。……まだ黒組は全然活動していないけどね！

「おぼえていろぉぉおおお」

「「おぼえていろ～♪」」

私と双子は一目散に温室から出て行く。

こ、これは戦略的撤退だ……！


翌日。私の狭い寮室で、第一回黒組活動会議が行われていた。

「――ということがありました」

「「ありました」」

私と双子は包み隠さず、三日月の会の御茶会の様子をロアナとサルバ先輩に報告した。

ふたりの目は険しく、何か思案しているようだ。

「……まずいな」

「まずいわね。まさか、あの第五王子が他国の実力者たちを取り込むだなんて、想定外だったわ。……絶対にあのいけ好かない男の策略ね」

「私もベルナさんの仕業だと思う」

「それだけじゃないわ。……マティアス殿下は類まれなる剣の才をお持ちなの。一年生で魔法の技術は拙いとしても、剣術においては群を抜いているでしょうね。普段はアレだけど」

「普段はアレなのに⁉　顔だけ王子じゃなかったのか……」

私は驚きで目を見開く。

「バルミロ先輩も魔法薬学においては教師と同格で、いくつかの学会で賞をもらっているな」

「やばいよぉ、チート集団だよぉ」

弱気になって膝を抱えていると、双子が私の肩へ手をのせる。

「敵は強いね、サーニャ」

「そうだね、サーリヤ。でも……」

「「戦ったら楽しそうじゃない？」」

「……先輩たちはお気楽だなぁ。でも……どうせなら楽しんだ勝ちだよね」

負けたら第五王子に何を命令されるか分からない。でもそんなことは、負けた時に考えればいいのだ。うじうじしているのは私らしくない。

ぱんっと自分の両頬を叩くと、私は勢いよく立ち上がる。

そして、みんなの顔を見れば、誰一人勝負を諦めてなどいなかった。

「えー、おっほん。相手チームにはベルナさんとガブリエラ先輩という二大腹黒策士がいます。今の私たちでは、けちょんけちょんにされるのがオチでしょう。昨今の流行は正統派ヒーローよりも、ダークヒーローだから！」

「……意味が分からないわ」

「「安心して、ロアナちゃん。ボクらも理解できていないよ！」」

ロアナと双子が首を傾げ、可哀想な子を見るような目を向ける。

「今の私たちでは、空の国の王子率いるチームに良いように転がされてしまうのがオチだとカナデは言いたいのだろう」

「「「なるほど」」」

サルバ先輩にフォローされたことに泣きそうになりながらも、私は懸命に演説を続ける。

「私はこう思うのです。邪道には王道をぶつけるしかないと！　だから、友情・努力・勝利、この偉大な法則に則《のっと》りたいと思います！」

「ええっと……つまりどういうことかしら、カナデ」

ロアナの問いに私は大仰に頷き、女帝のポーズ――昨日、会長がしていたやつ――を取った。

……なんだこれ、滅茶苦茶恥ずかしいぞ。

「皆の衆、合宿の始まりだぁぁあああ！」

強敵に勝つには、友情を深め修行イベントを乗り越えてこそなのだ！

二・激闘！　天才が変人で変人が天才で

魔武会までの二週間は会場設営やらなんやらで授業はお休み。それを利用して、私たち黒組は合宿をすることにした。

合宿を通してお互いを知って友情を深め、厳しい修行に耐えてレベルアップすることが目的だ。という訳で……。

「帰ってきました、我が実家！」

この魔の森には特殊な結界も張ってあるし、これなら腹黒策士たちに情報収集される心配もない。

さらに、魔物も多いこの森なら修行相手に事欠かないし、家があるから身体を休めることができる。

(何より、ここにはお爺ちゃんの残した魔法関係の資料がある！　ふははは、持つべきは偉大なる祖父なり！)

黒組の面々は私の実家を見て、それぞれ違う反応を見せる。

「ここが伝説の魔法使いが住んでいた家なのね……」

「貴重な研究資料……じゅるり……」

「こんなに見るからに危険な森は初めて見たね、サーニャ」

「あっちに変な像があるよ、サーリヤ」

……まあ、気に入ってくれたようで安心したよ。

「荷物を置いたら、森で狩りをして、夕食にしよう。新鮮な魔物の肉をたんまり焼いて、豪勢なバーベキューをやるよ」

「その前に研究資料を――」

「お黙り、サルバドール‼」

「うぐぅあああ」

ロアナの鉄拳制裁が素早くなっている。

友人の悪い意味での成長から目を逸らしつつ、とりあえず私は家の中を案内することにした。

森の中は相変わらず鬱蒼としていて、静けさに満ちている。

お爺ちゃんの死後、土地の相続をしたから、魔の森は私のものだ。

ちゃんと国に承諾《しょうだく》を受けているが、所有主として森に出る魔物を定期的に減らさないといけないという義務が課せられている。だが学業で忙しく、もう何か月も魔物を放置していた。

「この森の中には色々な魔物がいるからね、訓練になると思うよ」

「ダメだわ……危険よ……よくないものを感じるわ……」

ロアナは自称霊感持ちのような痛い発言を繰り返している。

双子は、森の中が珍しいのか、キラキラとした目で辺りを観察して、はしゃいでいる。本当にこのふたりは十五歳なのだろうか？　時々疑問に思う。

サルバ先輩は興味深そうに森の中をキョロキョロと見回している。……セレブには森が珍しいのかもしれない。

「あっ、五百メートル先に魔物発見。種類は……キンバリーベアか。ベア肉って臭みが強いから、バーベキューには向かないんだよねー」

「カナデ、どうして離れた場所から魔物の正確な位置が分かる？」

「遠隔透視と気配察知の魔法を使っているからだけど？」

「なんだ、その魔法は⁉　しかし、それを同時に扱えるようになれば……魔法陣ならば可能だ！」

サルバ先輩が急に熱くなりだした。うっざい。

「そこじゃないでしょう、サルバドール！　キンバリーベアは上級の魔物よ。学生が訓練で倒す魔物じゃないの！」

「あっ、ロアナちゃん。ベアちゃんがコッチに猛スピードで突進してくるよ」

「いやぁぁあああ！」

ロアナは私に飛びつき、震える身体で力一杯抱きしめた。

「……痛いよ、ロアナ」

「責任を持ってなんとかしなさいよ、カナデ！」

「えぇー。だって、ベア肉はバーベキューよりもミートボールのほうがおいしいし……」

ロアナと私が話しているうちに、興奮したキンバリーベアがこちらに突進してくる。どうしようかなと思案していると、私たちの前に双子が立った。

「きゃっはは！　ベアちゃんって意外に足が早いね、サーニャ」

「凶暴だね、サーリヤ」

「「風よ、悪しき者を取り囲め、ウィンディーサークル！」」

双子が元気よく詠唱すると、キンバリーベアは上空に舞い上がった。

「「貫け閃光‼」」

最低限の詠唱で、巨大な光の矢が二本サーリヤ先輩たちの前に現れた。そのままそれを掴むと、双子は空中で無抵抗状態のキンバリーベアの胸へと一直線に投げつける。

――グビャァァァアアアア

光の矢は見事にキンバリーベアへと直撃し、そのまま落下する。

地に叩きつけられたキンバリーベアは絶命していた。

「すごいわ……」

「あれでもあの双子は、二年生の中で魔法実技は主席だからな。……筆記は平均以下だが」

ロアナの呟きにサルバ先輩が答えた。

どうやら実力者がいるのは第五王子のチームだけじゃないみたい。

「それじゃ、サクサク侵攻するよ！　どうせならベア肉じゃなくて、もっとおいしい肉を調達したいし」

「「りょうかーい！」」

「どうせ食べるなら、ワイルドタイガーの肉がいいな。ここにいるといいんだが……」

「いるよ、サルバ先輩。だけどあんまり見かけないレア魔物なんだよ。逃げ足が速くってさ」

「ワイルドタイガーも好戦的な上級魔物よ。それが逃げ出すってどういう状況なの？　常識人は、ここにいないの……？」

ロアナがぶつぶつ言っているが、気にしない。

まったく、集中してくれないと困るよ！　今夜の夕食がかかっているんだからさ。

結局今日は、キンバリーベアとワイルドタイガー、アブダクトウルフを狩ることができた。

夕食は、ヤケクソ気味なロアナが丁寧に調理してくれたおかげで、とても豪華になった。明日からの訓練を頑張らなくてはならない。

やっぱりロアナの手料理は最高だね。

さて、あれから私たち黒組の修行の日々は続きました……って言えたらよかったのだけど、戦い以外のやらなくてはいけないことが多かった。

私は錬金術で武器を作り、双子は戦闘服を縫い上げ、ロアナは戦術を考えていた。ちなみに武器や戦闘服の素材は学園指定の物を使っている。お金の力で無双されたら困るかららしい。経費が掛からなくていい。もし学校指定以外の素材を使ったら、不正となって問答無用で罰則だそうだ。

（まあ、私たちの第一目標は単位だから、絶対に不正なんてしないけど）

そしてサルバ先輩は魔法陣を使った戦術道具を作っていた。光属性しか持たないものが水属性の魔法が使えないように、魔法には適性というものが重要になってくる。

魔法陣はそれらを補うことができるらしく、陣を描く手間はあるが、自分の適性以外の魔法を使うことができるそうだ。

（すごく便利だよね。サルバ先輩の好きな分野だから、正直、魔法陣を侮っていたよ）

合宿では、基本的に午前は個人に与えられた仕事をし、午後は森に行って連携や戦闘力の底上げをした。そのおかげで、最初はバラバラだったチームワークも格段に良くなった。

（心配なのは、魔物と戦ってばっかりで対人戦の訓練をしていないことだね）

もう一つの懸念事項は、私の実家に引きこもることで腹黒策士たちにこちらの情報を与えないようにした結果、私たちも相手の情報が一切得られないということだ。

こんなんで作戦立てられるのか疑問に思うが、まあ、ロアナならなんとかするだろう。だってロアナだし。


そして色々と不安なことを残しながら、ついに魔武会の当日を迎えた。

「まさか団体戦登録チームがわたしたちの黒組とマティアス殿下の白組しかいないとは思わなかったわ……」

「もう最低でも準優勝は決定だよ。盛り上がんないね！」

私とロアナは軽口を叩きつつ、魔法使用不可の個人戦決勝を偵察していた。

決勝に駒を進めたのは第五王子と四年生の先輩だ。本当に強かったんだね、第五王子。

「始め」

審判の掛け声と共に決勝戦が始まる。

先に動いたのは第五王子。相手に一直線に向かったと思ったら一瞬にして姿を消した。

そう、文字通り『消えた』のだ。

次に第五王子が視界に現れた時には相手の後ろに立っていて、相手の防具は留め具がすべて壊されてずり落ちていた。

（……えっと、決勝戦だよね？）

まさに瞬殺だ。

「きゃぁああ、マティアス殿下ぁああ！」

「かっこいい！　そしてかわいい！」

「「……」」

黄色い声援を送る女子たちの陰で、私とロアナの思いは一つだった。

あれと私たち戦うの？

本当に第五王子、九歳なのだろうか。

だって、相手の先輩は二十歳ぐらいの身体の完成された大人だ。

それが噛ませ犬にもなってないなんて……。

「本格的にやばいね。……魔法使用可の個人戦はエリザベート会長が優勝だし」

「わたしたちを虐めて楽しいのかしら……」

「王侯貴族の残酷な遊びでさ、キツネ狩りってあるよね」

「……」

「沈黙は痛いです、ロアナさん」

刻一刻と団体戦の時間は近づいてきた。

「聞いてよ、サルバドール。アタシら、ペア戦の賭けで大穴当てたんだよ！」

「これで新しい楽器が買えるね！　サーニャ」

「うるさいぞ、双子。今、魔法陣の最終調整をしているんだ……はっ、そうか、この部分を短縮化させれば魔力消費がさらに抑えられる。……しかし応用性は減るか……」

「「ねーねえ、聞いてってば〜」」

団体戦の選手控室にはいつも通りの先輩たちがいた。羨ましいぐらいの鋼メンタルだ。

「「カナちゃんとロアナちゃんだぁ！」」

「おはようございます、先輩方」

「……先輩たちは元気だね」

「カナデ、この魔法陣についてなんだが――」

羨む私の視線に気づかず、サルバ先輩が新作の魔法陣を見せてきた。彼は緊張などしておらず、そのことに私は思わず苦笑してしまう。

「ああー、はいはい」

「悩んでいるのが馬鹿らしくなってきたわね」

「私たちは私たちらしく試合をしますか！」

戦闘服に着替えると、私たちは強敵の待つ競技場へと向かうのだった。

競技場はサッカーフィールドが十個ぐらい入るほど広く、大きな岩や木々などの自然の遮蔽物《しゃへいぶつ》がある実践的なものだった。観客席は前世のライブ会場のように、半円状に競技場を取り囲んでいる。もちろん、みっしりと埋まって満員御礼状態だ。

入場すると同時に、地面に響くような歓声に包まれる。

熱気に当てられて緊張する私たちをあざ笑うかのように、仁王立ちの第五王子と白組メンバーが待ち構えていた。

「ふんっ、逃げずに来たことだけは褒めてやろう。貴様らが不平を言わないようにこちらも五人で戦いに臨む。必ず俺に服従させ――――」

「来ましたわね！　後輩とはいえ容赦はしませんわ！」

第五王子の言葉にエリザベート会長は被せて言った。

（……わざとじゃないんだろうな、うん。そして私はエリザベート会長に乗っかるぜ！）

「ええ、こちらも全力でいきますよ。覚悟してください、会長！」

「正々堂々、良い試合をしましょう」

「はいっ」

ガシッと私と会長は力強い握手を交わす。

（これだよ、これこれ！　私が求めていた熱い青春展開だよ！）

「俺の話を聞け‼」

私は耳を塞ぐふりをしながら、第五王子から離れていく。

「一分後に試合が開始されます。選手は所定の位置へ移動してください。繰り返します――」

開始予告のアナウンスが聞こえたので、私は会長と第五王子に背を向けて仲間たちの元へ向かう。

「勝つのは俺だからな‼」

背後から第五王子の捨て台詞が聞こえる。

私はくるりと回って振り返り、不敵に笑う。

（ここは挑発をしておきますか。だって勝負はすでに始まっているからね！）

「勝つのは私たちですよ」

私の声が第五王子に聞こえたのかは分からない。

だけど私の馬鹿にしたような顔は見えたはずだ。精神攻撃は基本戦術の一つだろう。

（おーおー、屈辱で顔が歪んでら〜。作戦成功！）

第五王子の顔を見て、私は精神攻撃の一定の成果に満足げになる。

（挑発に乗るのは愚かなのだよ！　九歳児に大人げないって？　いいんだよ、今の私は七歳児だから！）

戦いに綺麗も汚いもない。私は正々堂々戦うことを誓った口を醜く歪めた。

「カナデ遅いわ」

「遅れてごめんなさい」

自陣へ戻ると、黒組のみんなが集まっていた。

その名にふさわしく、私たちの身に着けている戦闘服は黒を基調としていてカッコいい。だが、どうにも悪役っぽいのだ。

（……いや、私は好きだけどね、悪役）

対する第五王子陣営は白の戦闘服を着ている。それと向こうには美形しかいないからだろうか、なんとなく正義の味方っぽい風貌だ。

（ということは、やっぱり私たちが悪役なの⁉　顔面格差社会⁉　そんなことないよね、……ボサ眼鏡のサルバ先輩と平凡顔の私以外は可愛いもん）

「どんな悪戯《いたずら》をしかけようか、サーニャ」

「せっかくだから、心を抉る系がいいよね、サーリヤ」

「早く実戦で魔法陣を試したいな……」

「最後まで纏まりがないわね……」

ロアナは深く溜息を吐き、眉間を揉んだ。心なしか、以前よりやつれている気がする。

（……苦労をかけてすまんな。よっし、ここは私が盛り上げますか！）

「みんな、これは純然たる試合だよ。この機会に単位と一緒に学内での地位を確立するのだ。目指せ、楽しい完全無所属ライフ！　面倒な権力なんてクソくらえ！　今こそ日頃の鬱憤を晴らす時……そう、すべては単位と我らの自由のために、いくぞ黒組！」

「「おお～、権力者をぶったおせ！」」

「そうね。……今日は合法的にあのいけ好かない男に制裁を加えられるのね、うふふふ」

「相手は戦闘能力の高い者ばかりだからな、遠慮なく実験できる」

仲間の黒い笑みを見て、私は首を傾げる。

(……おかしいな。友情・努力・勝利をスローガンにしていたのに……まっいいか。仲良きことは美しきかな!)

私は考えることを放棄した。

――ゴーンゴーンゴーン
始まりの鐘が会場に鳴り響く。

私は拳を勢いよく振り上げ、叫ぶ。

「革命じゃぁぁぁあああああああ」

「「「「おおーーーー!!」」」」

こうして黒組対白組の戦いの火蓋は切って落とされた――


団体戦のルールを説明しよう。

戦闘員は五~十人まで。それ以上でもそれ以下でもダメ。勝敗は戦闘員を全員撃滅するか、相手陣地にあるフラッグを破壊するかだ。実にシンプルである。

私たち黒組は、前衛に単騎の魔物狩りで接近戦に慣れている私と、魔法陣のおかげで素早く魔法が行使できるサルバ先輩を置く。後衛には威力の高い魔法が得意な双子を。そして一番後ろには、苦労性の我らが司令塔ロアナだ。

（まあ、バランスが悪いパーティーだよね）

対する白組は……あくまで予想だけど、前衛に個人戦で優勝したエリザベート会長と第五王子。後衛にガブリエラ先輩とベルナさん。バルミロ先輩は……情報不足で予想不可能である。

敵に戦術を予想させず、さらにはバランスのいいパーティーだ。

（……ある意味、私たちもバランスが悪すぎて予想不可能かも……？）

根本的におかしい気もするが、一歩も引いていないはずだ。たぶん！

「先手必勝！　一番槍はもらった」

私は浮遊魔法を使い、最速で敵陣地に突っ込む。囮役だ。

すると、いきなり視界が一気に黒煙に包まれる。

おかげで私の突撃は不発に終わってしまった。

〈カナデ、冷静にね。サルバドール、これは何かしら？〉

首にぶら下げた板からロアナの声が聞こえた。

これは私とサルバ先輩の共同開発の魔動通信機だ。

四角い小さめの板に特殊な魔法陣を描くことで、密に通信が行えるようになっている。有効範囲は精々この競技場内だけ。地球の携帯電話の性能には程遠いが、今回の戦いでは大いに役に立つだろう。

〈恐らく魔法薬の組み合わせで黒の霧を作ったんだろう。探査と気配察知を同時行使できる私とカナデは、周囲警戒しつつ迎撃する〉

〈カナデ、了解でーす〉


サルバ先輩の珍しくまともな指示に、私は元気よく返事をした。


〈じゃあボクとサーニャが霧をどうにかするね〉

〈その作戦でいきましょう。何かあればすぐに通信を〉

〈〈〈了解〉〉〉


探査と気配察知魔法を同時展開し、相手を探る。

どうやら私の方向にふたり、サルバ先輩のところにひとり、そして後衛で大規模魔法の行使を準備中のようだ。

最後の一人はフラッグを守っているか、不測の事態に備えているか。そしてこの前衛の迷いのない突撃はこの黒い霧の中で正確に私たちを捉えているってことだ。

〈笑止！　この程度、ブラックスライムの毒ガス攻撃に比べたら屁でもないよ。そもそも毒を使った攻撃は禁止だけどね！〉

霧で焦っている私たちに奇襲をかけるつもりだろうが、向こうの思うままの展開になんてさせてあげない。

〈ロアナ、私に敵二、サルバ先輩に一。後衛に大規模魔法の気配あり〉

〈この霧、利用させてもらいましょう。サルバドールはアレの準備、カナデは移動して魔法の方を対処。サーリヤ先輩たちはそのまま続行で〉

〈了解だ。やっと……試せる……ハアハア……〉

〈〈それじゃいくよ。風よ、闇の調べを天に舞い上げろ！〉〉

通信機からサーリヤ先輩たちの呪文が聞こえた瞬間、周囲が大きな風に包まれる。

私はロアナの指示通りに転移魔法で上空へと移動した。

黒の霧はサーリヤ先輩たちの生み出した風により霧散《むさん》する。

恐らく敵の最初の作戦は失敗。だけどそれほど重要なものではなかっただろう。特に相手から動揺の兆しは見えない。

そして、私の予想は正解だった。

先ほどまで私がいた場所には、第五王子とエリザベート会長がいた。

（なんで接近戦のツートップがいるの!?　先に弱そうな私を殺ろうって魂胆か。容赦なさすぎだろ！）

移動スピードから予想すると、おそらく、サルバ先輩のところには、バルミロ先輩が行ったのだろう。魔法陣馬鹿に冷静な人をぶつけるなんて、白組はえげつない。

そうなると、大規模魔法はガブリエラ先輩だ。その後ろはベルナさんが控えていると思う。

「なんだ、これは……」

（うふふん。私たちだって負けていないんだから！）

双子の魔法は霧を晴らすだけに止まらず、今も競技場内を吹き続けている。

そして風と一緒に大量の紙が舞い、視界を白く染め上げた。

紙には一枚一枚丁寧に魔法陣が描いてあり、特殊な命令式が組み込まれている。

〈では、偉大なる実験の開始だ！〉

通信機から聞こえる意気揚々としたサルバ先輩の声と同時に、彼の魔力が紙を通して会場に満ちる。

その瞬間——それらは現れた。

『お金を貢ぎなさい！』

『解析させろー！』

『『遊ばせろぉぉぉおおお』』

『お菓子を寄越せぇええ！』

何十人もの私たちが現れた。

それらは日本の式神をイメージしており、私たちに瓜二つ。そのため、かなりややこしいことになっているはずだ。

「ちょっと、こんな変な声を出すだなんて聞いていないよ⁉」

こんな悪戯をしたのは、あの双子だな。……後で見ていろ、先輩だけどな！

一見凄そうな技だが、媒介が紙で脆弱であること、大量の魔力を消費すること、式神の行動パターンが敵に近づくことだけなど、デメリットも多い。

正直に言って魔力量の多い人以外は使えない無駄だらけの技だ！

「でもどうしてもサルバ先輩が実験したいってうるさかったからね。早めに使うことにしたロアナの判断は正解だよ」

あのままだったら、興奮を抑えきれず指示を無視して勝手に使って味方すらも混乱させたに違いない。

〈素晴らしい、素晴らしすぎるぞぉぉぉおおおお〉

通信機からサルバ先輩の魂の叫びが聞こえる。

私はそっと通信機の音量を下げた。

「おおっと、サルバ先輩を気にしている場合じゃなかった！」

白組にも変化はあった。

ガブリエラ先輩の詠唱が終わったのだろう、第五王子と会長とバルミロ先輩は纏わりつく式神たちを剣で切り付けつつ、後退した。

ガブリエラ先輩の魔法に巻き込まれないようにするためだ。

「……バッサバッサと、自分にそっくりな式神が切られていくのは複雑だよ」

浮遊魔法を解除し、地面に降り立つと私は魔力障壁を魔法陣エフェクトに組み込み、いくつも展開する。

「魔力と性質から考えると……炎の最上級攻撃魔法？　そんなの大会で使っていいの？　会場吹っ飛びますけど⁉」

魔力障壁だけじゃ抑えきれない！

最悪なことに、白組陣営から放たれた魔法は燃え盛る炎弾だった――

「これじゃ一か所に障壁を集中できないよ！　こうなったら、塗り壁しかない……！」

秘儀塗り壁――ただの土魔法で作った巨大な壁――を私は展開する。

（魔力障壁までワンクッションおけばどうにか……いや、無理かな。試合開始直後から練り上げた魔力で放たれているし）

〈ごめん、防ぎきれな――〉

〈〈大丈夫だよ、カナちゃん。土よ、煉獄の戒めとなれ！〉〉

双子は私の秘儀塗り壁を完全にコピーし、いくつも作り出した。

遠距離で魔法を使うのは、魔力を大量に使う。

それでも私のフォローをしてくれるなんて、本当に頼りになる先輩たちだ。

「でも式神の件は許さんぞ」

炎弾はまず式神たちを燃やし尽くし、次に私とサーリヤ先輩たちの作った塗り壁を破壊する。

そこでいくつかの炎弾は爆発したが、当然威力を相殺するには至らない。

「あとは魔力障壁に魔力を込めるだけ！」

炎弾が当たり、魔法陣エフェクトが次々と破壊されていく。

辺りには爆音が轟き、爆風が視界を遮った。

（うわっ、目と口に砂が入った！　痛い。そしてジャリジャリするよ！）

「ぺっぺっ……」

（恐るべし……これも全てガブリエラ先輩の計算か！　なんて恐ろしい人だ）

私はそれでも必死に障壁に意識を集中させて、どうにか最後の炎弾を防ぎ切る。

「……やった」

三人が魔力を大量に消費したが、どうにか耐えられた。

息を吐こうとした瞬間、殺気を感じ、私は咄嗟に結界を張る。振り返れば、結界に大剣と双剣が叩きつけられていた。

（もう攻撃に転じたの⁉）

振り返るとそこにはエリザベート会長と第五王子がいた――って第五王子二刀流なの⁉　何それ、ふざけんなよ。かっこいいじゃないか！

もう、通信している余裕なんてない。ふたりは容赦なく私へと斬撃を振り下ろした。

（……こういう場合、先にどちらかを潰すのが先決なんだっけ……？）

「戦場で長く考えごとをするのは、いけませんわ！」

雷を纏った、エリザベート会長の大剣の一撃が降り注ぐ――――

「うわぁっ」

そして会長の一撃に続いて第五王子の連続の攻撃がくる。

（一撃が重い会長と手数の多い第五王子か！　私にとっては組み合わせ最悪だね！）

〈カナデ――こちらも交戦中。バルミロ先輩と一年の男だ――〉

サルバ先輩の余裕のない声が通信機から小さく聞こえた。

――パリンッ

「よそ見しているからだ、黒髪！」

「しまっ――」

魔力障壁が破られた。

即座に転移魔法を展開し、上空に逃げる。

転移魔法の速さを重視したため、ふたりとの距離はそう離れていない。

観客席が何やら騒がしいが、気にしていられない。

「甘いですわっ！」

会長が無詠唱で浮遊魔法を使い、追撃してくる。

第五王子は浮遊魔法が使えないからか、追って来ない。

「はぁぁあああ！」

エリザベート会長の一撃を最小範囲の防御結界を展開し、受け止める。

雷は纏っていないし、ひとりだけの攻撃なら防御もしやすい。

――キンッ

「くっ……」

エリザベート会長が剣を止められ、唸り声を上げる。

私は防御結界を緩めずに光の矢を作りだす。

細い一本の矢だが、そこに魔力を圧縮させて貫通力を上げる。

「打ち抜けぇぇぇぇえ！」

「ぐぅぁぁあああ」

放たれた矢にエリザベート会長は瞬時に反応し、大剣で防御する。

しかし矢の威力から会長は大剣ごと放物線を描きながら飛んで行った。

（……たぶん、無事なんだろうな。とりあえず今は、残りの敵だ！）

私は第五王子とにらみ合いながら地面に降り立つ。

そして即座に氷の大斧を二本作り出した。

「そっちが二刀流なら、こっちはダブルアックスで勝負だよ！　カッコよさでは負けないんだからね！」

「俺が勝って地面に這いつくばらせてやる！」

「もうすでにそれはやっただろうがぁぁああ‼」

私は忘れないぞ、初対面での所業を！

大斧を振りかぶり、第五王子に向けて放つ。しかし第五王子はそれらを最小限の動きで避け、私に接近する。

「トドメだ――ってうわぁぁっ」

第五王子がバランスを崩し、転んだ。

（ふっふふ、伊達に偵察していないのだよ！　貴様が早さ重視の剣の使い手なのはお見通し。対策を練っていないとでも？）

二刀流は予想外だったが、早さを重視するなら最小限の動きをするのは予想がつく。つまりは大斧の攻撃で第五王子の回避場所を誘導して、そこに瞬時に氷を張ったのだ！

私は闇魔法の鎖で第五王子を拘束し、反撃できないようにする。

「年貢の納め時じゃぁぁあああ！」

身体強化の魔法を右腕全体に施し、大きく振りかぶる。

――パシンッ

周囲に強烈なビンタの音が響く。

「これで初対面の時のことは、チャラにしてあげるよ」

鼻高々にカッコよく決め台詞を言ったが、第五王子は精神的なショックとビンタによって気絶していた。

「決め台詞は最後まで聞いてよぅ！　……まあ、こうなったら仕方ない。第五王子にばかり気を取られてはダメだよね。味方の援護にいかないと」

転移魔法を展開して、私はすぐにサルバ先輩のところへと向かった。


「サルバ先輩！」

「……カナちゃん！」

転移した先にいたのは、力尽きて意識を失ったサルバ先輩とボロボロのサーリヤ先輩だった。

ロアナにどれだけ殴られ蹴られようとピンピンしているサルバ先輩が倒されるなんて、どんな凄《せい》惨《さん》な攻撃が繰り出されたのだろう。

私はごくりと喉を鳴らしたが、平静を装ってサーリヤ先輩に治癒魔法をかけた。

「こっちは第五王子を倒して、会長を自陣へ吹っ飛ばしたよ。サーリヤ先輩は？」

「バロ先輩とベルくんをサルバがひとりで相手にしていたんだ。慌ててボクが加勢に行った時には、サルバはボロボロだったよ。どうにかベルくんを仕留めたけど、バロ先輩には逃げられちゃった。サーニャにはロアナちゃんとフラッグの護衛に行ってもらっている」

魔力を大量消費した後にふたりを相手にするなんて、サルバ先輩はすごい。

（……まあ、魔法陣の実験による興奮状態で、ハイテンションになっていたからかもしれないけどね）

「サルバはよく頑張ったよね」

「普段はアレだけど、今日だけは尊敬するよ」

私とサーリヤ先輩は、ぐったりとしたサルバ先輩の身体を引きずり、木の陰に運んだ。

「ちなみにベルくんはあそこだけど、どうする？」

おもむろにサーリヤ先輩の指差した方向にはベルナさんの屍《しかばね》があった。

ベルナさんは第五王子に余計なことを吹き込み、私を最悪の賭けに参加させた元凶だ。

ちょっと……いや、かなり私はベルナさんに対して怒りを抱いている。

「……腹の立つ死に顔だね。足蹴にしたいけど……それは死者への冒涜《ぼうとく》になってしまう！　この怒りをどこに向ければいいんだ！」

「いや、死んでないからね。カナちゃん」

サーリヤ先輩にツッコまれた！　なんか複雑だよ。

〈カナデ、状況はどうなっているの？　カナデ！〉

通信機から小さくロアナの声が聞こえる。

そう言えばサルバ先輩の興奮した声が聞きたくなくて、音量下げたままだった。


〈ごめん、ロアナ〉

慌てて通信機の音量を上げる。


〈通信は密にって試合前に言ったでしょ。それで被害は?〉

〈サルバ先輩がやられた。サーリヤ先輩もほとんど魔力がない。それと第五王子は倒したよ。……決め技はビンタで!〉

〈うふふっ、それは良くやったわ、カナデ〉


ロアナは酷く上機嫌に言った。彼女の黒い笑みが目に浮かぶ。


〈ベルナさんはサーリヤ先輩とサルバ先輩が殺《や》ったよー〉

〈くっ……なんて羨ましい。死体はどうなっているの?〉

〈ムカつく顔で昇天しているよ〉

〈踏みつけてやりたいわ……〉

〈とりあえず、顔に落書きをしたよ。ロアナちゃん〉

通信に入ってこないと思ったら、サーリヤ先輩がベルナさんに落書きをしていた。

彼の顔には、定番の瞼に目の絵と、額に『黒幕ちゃん』の文字が書かれている。

〈最高の仕事ですよ、サーリヤ先輩！〉

〈まあ！　ありがとうございます、サーリヤ先輩〉

〈アタシも描きたかったぁ〜〉

通信にロアナの近くにいるサーニャ先輩の声が入る。

どうやら、ロアナと無事に合流していたようだ。


〈今度は一緒にやろうね、サーニャ〉

〈もちろんだよ、サーリヤ〉

〈名残惜しいけどお遊びはその辺にして、これからの作戦を話し合いましょう。白組は残り三人で、こちら四人。しかし、最強の上級生三人が大きな負傷がない時点で、向こうが有利ですわ。サーリヤ先輩はほとんど魔力が残っていませんし、サーニャ先輩も序盤で多く魔力を使いました。わたしは元々戦闘力には期待できませんし……〉

〈当初の予定通り最強の切り札を使おう、ロアナ〉

私がそう言うと、ロアナはしばし言い淀んだ。

〈……ではサーリヤ先輩はサーニャ先輩と合流してバルミロ先輩に突撃。カナデは臨機応変に――以上。相手は通信機がないので態勢を整えるのに時間がかかると思われます。先手を打つなら今よ〉

〈《了解》〉

臨機応変に――つまりは私の裁量に任せるということだ。

（むっふふっ、それなら自由にさせてもらおうではないか！）

大量の魔力を地面に流し、私の今できる精一杯を形にする。

「いでよ、ゴーレム！」

土魔法で作られたのは、地球でよく見かけるロボットにそっくりな巨大ゴーレムだ。

しかし関節はないし、歩き方はぎこちないし、まだまだ細部の作りも甘い。何より色が茶色一色なのが、どことなくダサい。まあ、追い追い改良していけばよいだろう。

「フハハッ、蹂躙してくれる！」

私はゴーレムの肩に乗り、敵陣地へ縦横無尽に走り出す。

ゴーレムの足音はドタドタうるさいけど、囮になっていると思うことにしよう。ポジティブなことはいいことだ。

「見つけましたわ、カナデ！」

ギリギリまで気配を魔法で遮断して潜んでいたエリザベート会長が、私の背後から攻撃を放った。

先ほどの私の攻撃を防ぐために大剣を犠牲にしたのか、手に持っているのは予備の普通の剣だ。

「そんな軽い剣で、私は斬れないよ！」

ゴーレムの右腕で、エリザベート会長を薙《な》ぎ払う。

「バルミロ、拘束しなさい！」

エリザベート会長が高らかに命令すると、ゴーレムの右腕に闇魔法で作られた鎖が巻きついた。

そのせいでエリザベート会長まで攻撃が届かない。

「ちっ、小癪《こしゃく》な！」

バルミロ先輩が近くに潜んでいるということは、彼を攻撃しに行った双子はどうなったのだろう？

気にはなるが、エリザベート会長の相手をするので手いっぱいだ。

「カナデ、覚悟――――！」

「うわっ、やば……！」

一瞬、よそ見をしていたのがいけなかったのだろう。エリザベート会長の剣先が目の前にまできていた。

「貫け、閃光！」

数本の光の矢が降り注ぐ。

それらを回避するのにエリザベート会長が下がったため、私は体勢を整えることができた。

「サーリヤ先輩、サーニャ先輩！」

「『ごめん、遅れた！』」

「いいえ、絶妙なタイミングですよ」

ゴーレムを力ずくで動かして鎖を解き、私は双子と合流する。

「まとめて刈り取るまでですわ！」

エリザベート会長が雷を纏った剣で、再び私たちへと斬りかかる。

咄嗟にサーリヤ先輩が魔力障壁、サーニャ先輩が防御結界を張った。

魔力障壁は魔法攻撃に有用で、防御結界は物理攻撃に有用だ。しかし、魔力の残り少ない双子では、会長の一撃を止めきれないだろう。

「私の相手をよろしくお願いします、カナデお嬢様」

双子を援護しに行こうとした私へ、バルミロ先輩が数十本の氷の矢を放つ。

それらをゴーレムで薙ぎ払い、矢は全て防いだ。

だが、バルミロ先輩は攻撃が止んだ次の瞬間に、私の目の前に移動していた。

「それは予想済みだよ！」

ゴーレムは大型のため接近戦に弱いし、崩すなら操っている私を狙うのが定石だ。だから、バルミロ先輩の行動に私は迅速に反応する。

ゴーレムごとバルミロ先輩の上に転移し、ゴーレムの巨大な腕で彼の身体を殴り飛ばす。

「がはっ！」

(よっしゃ、直撃！　サーリヤ先輩とサーニャ先輩を援護しなきゃ！)

先輩たちの戦いに目を向けると、サーニャ先輩と会長の一騎打ちの最中だった。

接近戦に強い会長が優勢だ。サーリヤ先輩は少し離れたところに倒れている。

「サーニャ先輩、今、助太刀を――」

「水よ、かの者を捕縛せよ！」

「包み込め！」

直前まで隠された魔力を感じ取った私は、本能でゴーレムから飛び降りる。

「うぶぅあっ」

咄嗟のことで魔法を使う余裕もなく、着地に失敗した。

（うへぇ、顔が泥だらけ。さっきの声はガブリエラ先輩とバルミロ先輩の詠唱だよね。バルミロ先輩しぶと過ぎだよ）

私は振り返り、攻撃をまともにくらったゴーレムの状態を確認する。

ゴーレムは水魔法の攻撃を受けて形状が崩れ、水の中で蠢いていた。生まれたての某巨人人工生命体のようだ。

「ズルズルのデロデロだ……こんなことってないよ……」

「いやぁぁああ！」

呆然と立ち尽くしていると、サーニャ先輩の悲鳴が響く。

バチバチっという音と共に、サーニャ先輩とエリザベート会長の戦いにも決着がついた。

息を切らしながらも、立っているのは会長だけだった。

「サーニャ先輩の仇《かたき》はとるよ。でもその前に……」

水に囚われたままのゴーレムを必死に操作を取り戻す。

（会長がこっちに戻ってくる前に、ガブリエラ先輩とバルミロ先輩との戦いに決着をつけなければ！）

そして、ゴーレムの内部に組み込んだ術式を解放した――

「ゴーレム、やっておしまい！」

ズルズルデロデロのゴーレムから放たれたのは、大質量のビーム砲だ。これがゴーレムの奥の手。自爆と迷ったが、こちらの方がダイナミックで格好いいだろう。

「障壁！」

ガブリエラ先輩とバルミロ先輩が魔力障壁を展開する。

「ぶち抜くよ！」

ビーム砲は障壁を突き破り、一直線にガブリエラ先輩へと進んでいく。

「危ない！」

「きゃっ」

バルミロ先輩がガブリエラ先輩を突き飛ばした。

ガブリエラ先輩はビーム砲から逃れてしまったが、代わりにバルミロ先輩が餌食《えじき》となった。

「一人撃破！　さっそく追撃を――」

「させないですわ！」

エリザベート会長が剣撃を私に叩きつける。

私は防御結界を張り、それを受け止める――が背後で魔力が高まるのを感じ、冷や汗が背を伝う。

ガブリエラ先輩の魔法攻撃だ。

前衛と後衛が織りなす、基本的だが確実な攻撃態勢。終盤にこれをひとりで相手するのはキツすぎる。

「勝つのはわたくしたちですわ！」

「そうですね、エリザベート！」

濃密な魔力を纏った氷の槍を、ガブリエラ先輩が私めがけて投げつける。

（……ここで私を仕留める気満々だね）

〈申し訳ありません、先輩方。勝つのは、わたしたち黒組のようですわ〉

首に下げた通信機から聞こえたのは、ロアナの冷静な声だった。

私はにんまりと口角を上げ、天を指さす。

「いっけぇぇぇええええ、ロアナ‼」

そして轟音と共に、競技場が鮮やかな紅《くれない》に燃え上がる――

三・決着！　勝敗の行方は神様も知らない

敵も味方も常識外れの中で、わたし、ロアナ・キャンベルができることは少ない。何故なら、わたしは秀才であって、天才ではないのだから。

それでもわたしは黒組の一員だ。

期せずして王族に目をつけられてしまったカナデを見捨てられないし、サルバドールの馬鹿も放っておけない。

そして何より、あのいけ好かないベルナール・オンズロー公爵令息に、一泡吹かせたかった。

「ねえ、ロアナの弓と斧の実力はどれぐらいなの？」

カナデは、かつて呪術師と共に滅びた失われた技術――錬金術を使うことができるという。そのため、カナデは合宿の中で、わたしたち一人一人に合わせた武器を作っていた。

「そうねぇ……小型の魔物なんかを狩っていたし、特に弓はキャンベル領で一番の使い手だって言われていたわ」

わたしがそう言うと、カナデは双黒の瞳を零れんばかりに見開き、キラキラと輝かせた。

「百発百中なの⁉　じゃあ、ロアナの武器は弓矢に決定だね！」

「いや、百発百中までは――」

「ゲームでも弓矢を使うのは難しいんだから、すごいよ！　廃人レベルだね！　ロアナは本当に私の自慢の友達だよ」

「……ありがとう」

一部分からない単語があったけれど、天才で規格外な友人がわたしの弓の腕を褒めてくれた。

それだけで、根拠のない自信が湧いてくるのだからおかしい。

秀才が天才と渡り合えるような気がしてしまうのだから……。

それからわたしは戦術を練りに練り、ある一つの戦術を思いついた。

（第五王子たちは、真っ先にカナデやサルバドールを狙うでしょう。そしてその次にサーリヤ先輩

たち。そして最も警戒していないのは、わたしだわ）
――――ならば、わたしが黒組の切り札となりましょう。友人たちに捧げる勝利を掴むため。

試合開始からずっと、わたしは矢に魔力を込め続けた。

仲間が窮地でも助けに行かず、ただフラッグを守っているように偽装し、ひたすらに勝利へのか細い道を作るために、わたしは行動する。


〈勝つのはわたくしたちですわ！〉

〈そうですね、エリザベート！〉

通信機からは、エリザベート様とガブリエラ様の勝利宣言が聞こえた。

（わたしのことなんて、眼中にないのね。でも、それでいいわ）

あの人たちがカナデを最大限に警戒していたからこそ、白組のフラッグの守りが手薄になっているのだから。

「申し訳ありません、先輩方。勝つのは、わたしたち黒組のようですわ」

できるだけ冷静を装い、勝利を予言する。

わたしは弓矢を構えながらサルバドールに渡された遠視の魔法陣を発動し、照準を合わせる。距離は一千メートルといったところだろうか。

（……こんな長距離の狙撃は初めてだわ）

ここで外したら、黒組は負けだ。

これほどの大規模超長距離攻撃は二度も使えない。機会は一度きり。

わたしがフラッグを破壊すれば、黒組の勝ち。

そうでなければ――


〈いっけぇぇぇぇぇぇ、ロアナ‼〉


通信機から聞こえたのは、大切な友人の叫び。

一切の疑いもない、ただ純粋にわたしの実力を信頼していることが伺えた。

「……言われなくても勝負に出るわ。わたしの矢は百発百中なのよ！」

解放した魔力が弓矢から零れ、競技場が火の魔力に包まれる。

そして、黒組全員の思いを乗せた紅閃の矢は放たれた――


ロアナが放った矢は、流れ星のように放物線を描いて、見事白組のフラッグを破壊した。

友人の快挙に、私は誇らしく胸を張る。

「私たちの勝ちですね」

「そのようね。悔しいですわ……」

エリザベート会長は構えていた剣を、ゆっくりとした動作で下ろす。

ガブリエラ先輩も氷の槍を空中で砕き、攻撃を中止した。ふたりが敗北を悟ると、競技場に勝敗を告げる鐘が鳴る。


――――これにて、白組対黒組の試合を終了します。勝者は黒組です。

――――ワァァァアアアア
観客席は熱狂に包まれた。

「大丈夫ですか、皆さん！」

「あっ、理事長」

駆け寄って来た理事長は、サーリヤ先輩たちとバルミロ先輩に治癒魔法をかける。

すると蘇生するかのように、先輩たちは元気になった。どうやら他の倒れた面々も先生たちが救護に向かっているらしい。

「さあ、競技場の中央へ行ってください」

理事長に言われた通りに向かうと、そこには既に他のメンバーが整列していた。

もちろん第五王子もだ。

「おい……黒髪」

「何よ、第五王子殿下」

第五王子はぎゅっと拳を握り、涙目で私を睨み付けた。

「俺が負けた。……だから望みを言えっ」

「望み？」

「お前が勝ったら、なんでも望みを叶えると言っただろう！」

正直に言って、私が第五王子に叶えてもらいたい願いなんてない。

卒業に必須の単位は魔武会に出場した時点で得られたし、『お菓子がいっぱいの世界を作って』とお願いしても、お菓子に対する情熱のない第五王子には一生かかっても叶えられないだろう。

（でも、第五王子の性格だと、『別にないです』なんて言ったら、確実に面倒なことになるよね。ここは当たり障りのないことにしておこう）

「では、学園内では絶対に身分を行使しないと誓ってくださいな」

また身分を振りかざされたら面倒だ。私みたいな身分の低い生徒の生活のためにも、このお願いは有用だろう。

「それだけでいいのか？」

「はい！」

元気よく返事をして愛想笑いをすると、第五王子の顔がみるみる紅潮していく。

（え？　何よ、また怒るの⁉）

私が警戒の目を向けると、第五王子の顔が噴火しそうなぐらい、ますます赤く色づいた。

「わ、分かった……！」

「また怒っているの？」

「ううう、うるさい、うるさい！　黙れ、この…………カナデ！」

「あー、はいはい」

やっぱり怒っているよ、面倒な奴だ。どうせなら『私に一生関わらないで』って言った方が良かったかな？　でも同じクラスだから無理か。

「おっほん。これにてルナリア学園魔法武芸大会団体戦決勝を終わります」

「「「ありがとうございました‼」」」

理事長の言葉と共に、私たちは騎士の礼をとった。

「団体戦優勝だーい！」

私は仲間たちに駆け寄り、勝利の喜びを分かち合う。

「魔法陣の実験ができた……私は幸せだ……」

「「これで単位の心配がなくなったよ‼」」

「お疲れ様です」

（ああ、このどうしようもないほどの喜びを解き放ちたい。そうだ、優勝と言えば胴上げがセットだよね！）

私は跳びはねて、全身で勝利の喜びを表現する。

「よっし、皆で胴上げをしよう。勿論、リーダーのロアナを――」

「一番軽いカナデにしましょう！」

一瞬、私の目は点になった。

「え、ちょ、待ってよ！」

逃げ出そうとする前に四肢を掴まれ、私は勢いよく真上に投げられた。

「「舞い上がれ、カナちゃん！」」

「治癒魔法で回復したとはいえ、疲れたな」

「うふふ……わたしを生贄にしようとするからよ、カナデ」

「わたくしたちも参加しましょう、バルミロ、ガブリエラ」

「そうですね、エリザ」

「やられた分はここで倍返しですね」

「殿下は参加しないのですか？」

「な……何故、俺がカナデのために！」

気づけば黒組だけでなく、白組の面々も胴上げに加わっていた。

「もう、下ろしてよぉぉおおお！」

私が涙声で叫ぶが、誰ひとり聞く耳を持たず、おもしろそうに胴上げを続けている。

こうして四年に一回開催されるルナリア学園魔法武芸大会は、平穏とはいかなかったが、無事に終わったのだ。

四・祝福の虹と未来への影

ルナリア魔法学園で四年に一回開催される魔法武芸大会。それは、学生たちが自分の実力を示す場。しかし、観客席ではまた違った意味を持つ。将来有望な若い才能を権力者たちが今から見初《みそ》め、警戒する場でもあるのだ。

僕、空の国第一王子エドガーもまた、そんな思惑を持つひとりだ。

「エドガー様。試合は終わったようですが、いかがなさいますか?」

勝利を喜び仲間に駆け寄る学生たちを微笑ましく思いつつ、僕は自身の側近——ユベール・オーランジュ公爵に問いかけられる。

「どうしようねー。一応マティアスの試合を兄として見るっていう建前で来たけど、あの子も僕と会う時間はないだろうしねぇ」

王族とは面倒なもので、どれほど疲れていようとも、こういった行事の場では、挨拶回りをしなくてはならない。

(また後日、こっそり弟を労ってあげればいいか)

僕はマティアスから異色の生徒たちに視線を移した。

「……黒組の学生たちの素性は?」

「双子の学生は有名な歌姫の実子で、第二王子派公爵のご落胤です。どうやら公爵は貴族として双子を迎え入れたいようですが、歌姫の方が各国重鎮と繋がりがあるために、上手くいっていない様子」

「お遊びで籠絡した歌姫が思いのほか役に立つ子どもを生んだが、利用できなくて歯噛みしていると。……あの高圧的な公爵が地団駄を踏んでいるなんて爽快だね」

一頻り腹を抱えて笑い、溢れそうな涙を拭う。

ユベールは呆れた様子で小さく溜息を吐く。

「あの眼鏡の男子生徒は？」

「月の国のガラン伯爵家の嫡男です。魔法陣研究に没頭する変わり者だそうですが、二学年主席です。間違いなく次代の月の国を担《にな》う人材でしょう」

「月の国は人族領一の結束と軍事力を誇る。戦争をするほどじゃないけど、昔から空の国とは仲が悪いし、ガラン伯爵家の嫡男の警戒はしなくてはね。まったく、英雄様だけでも厄介なのにさ」

僕は思わず顔を顰めた。

「ええ本当に。月の国の英雄は、単騎で容易く国一つ滅ぼせる実力ですから。いくつの国が彼の力に煮え湯を飲まされたか……」

「……王族なのに規格外に強いなんて、英雄様はどれだけ天に愛されているんだか。性格は最悪だっていうのに」

月の国の英雄さえいなければ、今頃は空の国が人族領で絶対的な地位を築いていただろう。だがそれは英雄の存在で敵わず、長く空の国と月の国の二強状態が続いている。

「そう言えば、エドガー様は外交の場で月の国の英雄とお会いしたことがありましたね」

「いつも微笑んでいて何を考えているのか読めないし、悪辣《あくらつ》な策を平気で巡らせる。穏やかそうに見せて、意外に好戦的なところも腹が立つね」

「……エドガー様と一緒ではないですか」

「何か言ったかな、ユベール？」

僕が威圧的な微笑みを向けると、ユベールは軽く咳払いをした。

「いいえ、何も。話を戻しますが、ポルネリウス様が亡くなった今、彼のおかげで、空の国よりも月の国の方が軍事力は上です。おかげで、外交も強気に出られません。それに最近、月の国の上層部が何やらコソコソと動いているという報告も受けていますし……」

「まあ、そちらに構う余裕は今の僕たちにはないよ」

空の国は今、内乱の一歩手前と言ってもいい。

現王が側室たちに生ませた腹違いの王子たちが、王太子の座を巡って争っているのだ。

無論、第一王子である僕はその争乱の渦中にいる。

「……そうですね。介入しても利益は少ないですから。……紫髪の少女ですが、彼女はキャンベル子爵家の令嬢だそうですよ」

「……へえ、あの女の子がね」

キャンベル家は、王族にとっての罪の象徴だ。

かつてキャンベル家は、王家に仕える有能な忠臣の貴族家だった。しかし百年ほど前、愚かな王が彼らの権力を恐れ、いわれのない罪をなすりつけて侯爵家から子爵家に位を落としたのだ。一時は貴族位を剝奪《はくだつ》し、一族が処刑される寸前だったという。

しかし、それにより忠義のある貴族たちからの王家への信頼度は落ち、愚王に賛同する貴族たちの台頭を許してしまい、国内は荒れた。

(以来、空の国は第一王子だけではなく、王子全員に平等の継承権を与えたんだよね。まあ、それが新たな火種になった訳だけど)

兄弟で争わせる現在の王位継承制度には疑問がつきない。

僕が国王となったら、この国の忌まわしい王位継承制度も一掃するつもりだ。

「……やはり、キャンベル家には有能な者が多いようですね」

「ご令嬢は、あの毛色の違う女の子の友人になっているものね」

胴上げされている黒髪の少女に目をやった。

噂には聞いていたが本当に神属性の魔法を――更に無詠唱で使うとは。しかも魔法の複数同時使用もやってのける……伝説の魔法使いの再来と呼ばれ、持て囃《はや》されているのも分かるというものだ。

「……ポルネリウス様の孫ですか。本当に、あんな人族が存在するなど思いませんでした。何より、今だ平民というのが信じられません」

「まるで他人事だね。ユベールは少なからず、あの少女と関わりがあるだろう？」

「……ただ、先祖がポルネリウス様と親友だったというだけです」

ユベールは僅かに後悔の色を浮かべる。

僕はそれに気づかないふりをして、楽しそうに笑みを浮かべる黒髪の少女と紫髪の少女を見た。

「貴族、王族から逃れる手腕をぜひ教えて欲しいね。それにユベール、彼女は様々な思惑が絡む学園であんなに信頼できる友人を作っているんだ。それが魔法の才よりも凄いことだと僕は思うよ」

信頼できる者を得るのは身分や才能があるだけでは難しい。

第一王子である僕はよく知っている。

「……それが続くと良いですが。今回のことで、各国の上層部に彼女がポルネリウス様の孫だと知れ渡るでしょう。そうすれば彼女だけじゃない、その友人たちにも火の粉が降り注ぎます」

「たぶん大丈夫じゃないかな。勘だけど」

「また適当なことを……」

「だけど僕の勘は当たるんだ」

「しかし、第二王子と第三王子も彼女に目を付けたようですが？」

現在この会場には、各国の重鎮と正式に来訪している父王、お忍びで来ている僕を含めた三人の王子がいる。

王子たちは、マティアスを見に来たついでに噂の少女を見極めようとしていたのだ。

そしてそのついでだと思った少女が思わぬ金の卵だった。父王は彼女を他国へ渡さないだろうし、第二・第三王子は己の陣営へと引っ張り込もうと内心で策を練っているに違いない。

「別に構わないよ。弟たちがあの少女に夢中なうちに、他の優秀な人材を手に入れようじゃないか」

「よろしいのですか、エドガー様」

「狡猾な王侯貴族が手をこまねいているということは、彼女には僕たちが行う懐柔策は通じない。それならば彼女に敵が群がっているうちに、他の駒を手に入れた方が有意義だよ。今、舌なめずりしている者たちは気付いていないんだろうね。彼女の才は魔法だけではないということを」

僕からすれば、あの黒髪の少女がどんな美女よりも蠱惑的に見えた。

人は安寧を求めながら傲慢にもそれを嫌って、刺激と未知を求めることがある。だから、極上の未知なる力を秘める黒髪の少女は、人を魅了してやまないのだろう。そして、美しいものには、棘があるのが常だ。

「しかし、他の者が彼女を手に入れるかもしれません」

「そうなったらそうなっただよ、ユベール。政治はたった一人の魔法使いだけで回るものじゃない。それにもしも彼女と縁があるならば、いずれ話をする機会が巡ってくるだろうし……王太子になるのは僕だからね」

「どこからその自信がくるのでしょうか……」

「だって僕には君がいるからね。信頼しているよ、ユベール」

呆れた顔をしつつ、ユベールは胸に手を当てて臣下の礼をとる。

「仰せのままに、我が主」


未だ興奮鳴り止まぬ会場から、目立たぬように僕たちは去る。

最後に黒髪の少女に目をやり、僕は笑みを深めた。

さて、黒髪の少女はいったい何者なのか。

伝説の魔法使いの孫と呼ばれているが、彼女はきっとそれだけではない。

そう、本能が警告する。


「……また会おうね、黒の女魔法使い殿」

黒髪の少女は、必ず政治の表舞台に引きずり出される。

その時、彼女が僕の敵となるのか味方となるのか。

それは、神のみぞ知ることだろう。

魔武会から三日後、私の所属する三日月の会では御茶会が開かれていた。

「魔武会は団体戦で負けましたが、とても楽しかったですわ！」

「「楽しかったね～」」

「私たちの代の魔武会が派閥関係のない自由な物で良かったですね、エリザ。派閥関係を滅茶苦茶にしてくれた方に感謝したいです」

そう言いながらバルミロ先輩が私にウィンクをした。

訝しんでいると、エリザベート会長の高笑いが温室に響く。

「そうですわね、バルミロ！　おかげで今年は学内で比較的自由に振る舞えますわ」

「そうね、わたしも同感です」

「うんうん、変に威張った奴が減ったもんね。サーニャ」

「闇討ちする面倒が減ったよね、サーリヤ」

そっか、今年はいつもより派閥争いがマシなのか。

派閥滅茶苦茶にしてくれた人に感謝だね！

「それにしてもカナデさんがいない間の御茶会はつまらなかったです。お菓子を出してもエリザベートとバルミロでは、碌な感想がもらえないのですから」

そう言って、ガブリエラ先輩は憂いの表情を浮かべる。

（……この人、黙っていれば深窓の令嬢だよね。言っていることはナチュラルに酷いけどさ）

私は手近にあったマカロンを口に放り込む。

「今日のお菓子もおいしいです。このマカロンたちが着色料を使っていないのに鮮やかなところとか、ガブリエラ先輩のこだわりを感じます。こんなに綺麗な色を出すなんて、苦労したでしょう？」

「そうなのです！　やはりカナデさんだけが、わたしのお菓子を理解してくれます。カナデさんの持ってきてくれたクレープもとてもおいしいですよ」

「光の国のお店で売っている期間限定ものですよ！　この店のクリームと生地の甘さとフルーツの酸味が絶妙なんです！」

「確かにこれは究極の黄金比……勉強になります。カナデさん、光の国に行った時に寄りたいので詳しいお店の場所を教えてください」

「もちろんです‼」

なんだかんだ三日月の会で私が一番仲良いのは、ガブリエラ先輩かもしれない。

彼女のお菓子に関する知識と技術は、尊敬すべきところが多い。普段は腹黒だが。

（そういえば……お菓子について不思議に思っていることがあるんだよね。ガブリエラ先輩なら知っているかな？）

「あの、ガブリエラ先輩。このマカロンとかクレープとかって、どこで生まれたんですか？」

ずっと疑問に思っていたことがあった。

異世界なのに、地球と同じお菓子が存在していて、名前も同じだなんて。偶然にしてはできすぎている。

「お菓子文化はここ百年ほどで急速に進化しました。例えばこのマカロン。これはマカロン伯爵という人物が夢に見たお菓子が元となっています」

何、そのサンドウィッチ伯爵と某神父の話を足したような展開⁉

「そしてこのクレープの起源は分かりませんが、ある同時期に人族領のあらゆる地方で生まれたそうです」

「なんですか、それ……」


つまり、私以外の転生者がいたということだろうか？


「菓子職人の間では、お菓子の神の天啓……もしくは神秘と呼ばれています。そしてカナデさんは現代に舞い降りたお菓子の神と密かに信仰されています」

「そ、そんなの許可した覚えはないですよ⁉」

「「やーい、やーい、お菓子の神～」」

「ギッシャーー！」

からかう双子を般若の形相で追いかける。

「「きゃぁ～カナちゃんが怒った～」」

「待てこらぁぁああ！」

「「カナちゃんに食べられちゃう～」」

「誰が食べるかぁぁあああ！」

温室を駆け回りながら、私はお菓子の神について考える。

神様なんて信じていなかったけれど、ここは異世界だし本当にいるのかもしれない。

「……お菓子の神に感謝だね」

前世ではお菓子に強い関心がなかったが、今はお菓子がライフワークになっている。というか、酷く執着していることは自覚していた。

「まあ、好きになったら一直線だよね！　人生は楽しくいかなくっちゃ！」

その時、私の晴れやかな心を表すように、空に鮮やかな虹の橋がかかった――

自称平凡な魔法使いのおしごと事情

番外編　若き天才の冒険譚

朔《さく》の夜は、一年に一度しかない、双月が完全に隠れて本物の闇が訪れる特別な夜だ。

また魔物が活性化する日でもあり、人々は危険を回避するために家に閉じこもる。どんな大都市も、この日だけは夜の喧騒が消えて静寂が訪れるのだ。

しかし、一組の母と子が街の中を必死に走っていた。

「母さん。今日の夜は、おうちにいなくちゃいけないって侍女が言っていたよ。どうしてボクたちは走っているの？」

「……ポルネリウスはいつも頑張っているから、神様が夜に出かけるのを許してくれたのよ。これから、母さんと一緒に素敵な場所に行きましょうね？　きっと、とっても綺麗な景色が見えるわ」

女は精一杯の笑顔で息子に言った。

しかし、ポルネリウスは繋いだ手から伝わる震えと冷たさから異常な事態を幼いながらに察してしまう。母を心配させたくない、ポルネリウスは母にそれ以上問いかけることはなかった。


闇に紛れ走り続ける。

普段の生活で、女は与えられた屋敷から出ることを許されなかった。

彼女は公爵の地位にいる男に飼われた籠の中の鳥。男の気まぐれで慎ましやかな人生を奪われ、気の向いた時に相手をするだけの哀れな存在だ。

橙色の淡い光たちが親子に迫る。

徐々にそれらは光を大きくしていき、取り囲まれる寸前だった。

「……ポルネリウス。この中に隠れていなさい。耳を塞いで、目を閉じて。母さんが貴方の肩を叩くまでそうしていてね」

女は慈愛に満ちた表情だったが、ポルネリウスの心は不安に駆りたたれる。

「……母さん」

「一生のお願いよ。いい子で待っていなさい。朝になっても母さんが迎えに来なかったら、南門近くの雑貨屋に行きなさい。母さんのいる場所へ案内してくれる。……大好き愛しているわ、ポルネリウス」

そっとポルネリウスの額に信愛のキスを落とし、女はポルネリウスを路地裏に捨て置かれた粗末な箱に押し込めた。

女はもう一度小さく「愛しているわ」と自分にしか聞こえない小さな声で呟くと、路地裏を出て大通りへと駆け出した。

「いたぞ！」

「子どもはどこだ!?」

「はぁ？　子ども？　あんな子、すでに人買いに売ってしまったわ！」

女は声が恐怖で震えないように張り上げる。

周りを見渡せば、松明を持った屈強な男たちに取り囲まれていた。

「人買いにだと？　あの子どもは公爵閣下の所有物だぞ！　妾《めかけ》如きが扱っていい代物ではない！」

「はっ！　ごめんなさいね。育ちが悪いもので」

「平民風情が！　……情報を得なければならない。女を捕まえろ！」

「ただの使い走りの騎士モドキが、公爵の妾である私を侮辱するの？　あっははは。身の程を知れ、クズが！」

「死ねぇぇぇぇぇ！」

激昂した男が女へと剣を振り下ろす。

女は口角を上げて、最後まで嘲笑《あざわら》うような笑みを崩さない。

肩から腰まで身体には深い傷が刻まれ、おびただしい量の血を流して女は地面に崩れた。傷口からゆっくりと光玉となって魔素が溢れていく。それは女の死を意味していた。

「子どもの情報が得られなくなってしまったではないですか！　あれは、由緒あるブランドル公爵家でも類を見ない魔力量の持ち主です。それを持ち帰れなかったとなれば、公爵がお怒りになるでしょう」

「ちっ。街の関所は封鎖されている。情報を今から集めれば、人買いを見つけられんだろ――」

――パキッ

男たちが話し合っていると、少し離れた場所で木の枝が折れる音が響く。

一斉に男たちがポルネリウスの方へ、血走った恐ろしい視線を向けた。どうしようもない不安に駆られ、ポルネリウスは母を追いかけてしまったのだ。

「どうやら、探す必要はなかったようだな」

ニヤリといやらしい笑みを浮かべた男たちが、ポルネリウスへとジリジリと近づく。

「あ……あ、あ、あああああああああ！」

泣き叫びながらポルネリウスは走り出した。

頭の中はぐちゃぐちゃで、母の死を完全に理解することもできていない。

ただ目の前にある死の危険から逃れるために、本能に任せてがむしゃらに駆け出す。

しかし、所詮大人と子どもだ。脚力が違い過ぎる。

男たちとポルネリウスの距離は、どんどん近づく。

「捕まえた」

男は乱暴にポルネリウスの腕を掴み上げる。

それに驚いたポルネリウスは、もがくように暴れて男の腕に噛みついた。

「痛てぇ！　テメェ……母親と同じ目に遭わせてやろうか！」

そうは言っても、男は子どもを殺す訳にはいかない。

しかし教育は必要だといわんばかりに、強く拳を握り、ポルネリウスを殴りつける。

「がはっ」

今まで感じたことのない痛みに悶えながら、地面をのた打ち回る。

（もうだめだ。ボクも死ぬのかな。……でも、母さんと同じ場所に行けるのなら……）

朦朧とする意識の中、ポルネリウスが薄く目を開く。

ぼやける視界は白銀に染まっていた――――

「神属性魔法だと？　ポルネリウス、夢は休み休み言え。これだから平民は」

貴族然とした、いけ好かない男によって机上に投げ出された論文。俺はそれを見て歯を食いしばる。

近年、他国での魔法技術の向上に焦りを覚え、空の王直々にルナリア魔法学園が設立された。

（まあ、急に魔法が発展できる訳じゃなかったみたいだけど。クソみたいな奴ばっかりだからな）

魔法は素質のある者か貴族階級に占められている。

それ故《ゆえ》、教師も貴族――それも、貴族の中でも爵位の継げない者ばかりで傲慢な者が多い。

類まれなる魔力量を持って入学してきた平民の俺なんて、奴らの憂さ晴らしに丁度いいのだ。特に目の前にいる貴族教師はそれが顕著である。

「神属性魔法は失われた属性で、人族に使える訳がない。そんな基礎的なことも知らないのか？」

（そんなの言われなくても知っているし！　だから、天才の俺が復元しようと思っているんじゃねーか。馬鹿か。コイツ馬鹿なのか！　天才の俺が書いた論文理解してから言ってみろ、ボケ！）

「……すみ、ません」

内心では罵るが、平民が貴族に逆らうことはできない。

逆らえば、面倒事が起きるのは必須。それに俺には偉大な夢がある。

それを叶えるまでは、泥水でもなんでもすすってやる。

（……フッ。俺、カッコ良過ぎだろ）

「ふん、分かればいい。そうやって浅ましく卑しい平民から生まれたゴミは、私にひざま――ぐがっ」

「ふざけんなよ、温室育ちの落ちこぼれのグズが！」

俺は貴族教師に強烈な拳を一発ぶち込んだ。

貴族教師は殴られ慣れていないのか、気絶して床に転がった。弱すぎだろ。

「おいおい……ついにやっちまったぜ、俺。まあ、天才でも我慢できないことがある。そう、仕方ないこと……必然だったんだ」

やれやれと額に手を当てながら呟くと、扉の開く音がした。

今いるのは、貴族教師の個人部屋だ。誰かにこの光景を見られるとさすがに拙《まず》い。

平民が貴族に危害を加えたとなれば、極刑になってもおかしくはない。

「貴方は何をやっているのですか、ポルネリウス」

「なーんだ、ピエールか。脅かすなよ。相変わらず口調の割にクソ恐ろしい顔してんな」

「……クソ恐ろしいは余計です。相変わらず言葉が汚い」

強面の金髪碧眼の男がなんの遠慮もなく部屋に入る。

そして足を使い、貴族教師を仰向けにさせた。

「完全に気絶していますね」

「王子様がそんなことしていいのかよ」

「王子といっても王位は継ぎません。妾腹《しょうふく》の身ですから、卒業後はオーランジュ公爵位を継ぐ予定ですよ」

「へぇ。ようやく落ち着いた将来が決まったんだな」

「ええ。王位など興味ありませんし。私は魔法の方が好きです。……あとで試作品の記憶を飛ばす魔法薬を試してみましょうかね」

ピエールの貴族教師を見る表情は背筋が凍るほど恐ろしい。

元々強面っていうだけじゃない。貴族教師はそこそこ力のある侯爵家出身らしく、妃でもないただの侍女が母親のピエールを見下していた。

（……やっぱ、この貴族教師は馬鹿だよな。俺とピエールを敵に回すなんてさ）

床で伸びているクズを一瞥《いちべつ》すると、俺はこれからのことを考えた。

「試作品か。それなら、本当に記憶が飛ぶか分からないんだな」

「……学園を出て行くのですか、ポルネリウス」

論文を回収する俺にピエールが問いかける。

「さっすが俺が唯一認めた親友！　分かっているじゃねーか！」

「……はぁ。貴方には、この箱庭は狭すぎて遊べないでしょうね」

「そう落ち込むなって。大丈夫だ、ピエール！　俺たち約束しただろう？　空の国を人族領一の魔法国家にするって！」

にかっと口を大きく開けて笑うと、ピエールが悩ましげに再度溜息を吐く。

「その残念な頭が忘れていないようで安心しました」

「俺は天才だっつーの！」

「どうだか」

（天才の俺に対して、失礼すぎだろ。こうなったら、ピエールの度肝を抜く魔法を成功させてやるぜ！）

俺は複雑な魔法を展開し始めた。

身体の奥の奥に眠る、特別な魔力を抽出。今にも暴れ出しそうなほど強い力のそれを、細く細く魔法として紡ぎ構成させていく。そして古い文献と俺の新しい知識を混ぜて創り合わせた古《いにしえ》の魔法ができ上がる。

「ポルネリウス……これはいったい⁉」

俺の周りはいつか見た白銀の光に包まれる。

しかし、あの時のような濃密で温かな気配は感じない。荒削りさが目立つ。今の俺にはこれが精一杯。……だが、これで十分だ。

「さすが俺！　初めてで転移魔法の構築を成功させるなんて天才すぎぃ！」

「転移魔法⁉　しかも初めて⁉　ポルネリウス、お前はいったいどこに転移しようとしているんだ」

「どこってそりゃ……どこだっけ？」

魔法の構築で頭がいっぱいで、先のことを考えていなかった。

「この馬鹿者！」

視界の中のピエールが歪み、ついに転移魔法が発動した。

「ここはどこだ？」

転移魔法は成功した……と思う。いや、天才の俺が言うのだから間違いない。

しかし、ここはいったいどこなのだろうか。

ピエールの姿はどこにも見当たらず、辺り一面は不気味な灰色の世界が広がっていた。

（土も木も石も灰色。まるで生気がねぇ）

警戒しながら歩いていると、泉らしき場所にたどり着く。

しかし泉もまた灰色。少々喉は渇いていたが、この泉の水を飲もうとは思えなかった。危なそうだしな。

「思ったよりも魔力を使っちまったなー。しばらくは、ここで待機か」

「……誰か、そこにいるの？」

岩に腰を下ろそうとすると、小鳥の囀《さえず》りのように愛らしい声が聞こえた。

声の方向へと顔を向けると、灰色の世界にひとりだけ色を持った少女がいた。

若草色の長くふわふわと柔らかそうな髪に華奢な肢体。透き通るような白磁の肌にくりりと大きな橙の瞳。小さな唇は薔薇のように紅く色づいている。その美しさに思わずゴクリと喉が鳴る。

（ちょ、超絶美少女きた！　おいおい、化粧厚塗りの貴族女共なんて目じゃないぜ。可愛い可愛い超可愛い。胸は小さいけど……俺より少し年下ぐらいだろうから、まだ成長の余地がありありだぜ！　これは告白するしかない！）

彼女をその辺の野郎共に渡してなるものか。

俺を魅了するなんて、罪な女だ。

「俺の名はポルネリウス。お嬢さん。どうか俺の恋人になってくれ！」

キラッと爽やかな笑みを浮かべて手を伸ばす。

一瞬だけ驚いた表情を見せた少女は、恥じらうようにゆっくりとした動作で手をこちらに差し出してくる。

（いける！　さすがイケてる俺！　ちょー天才！）

ドキドキと胸を高鳴らせながら、少女の言葉を待つ。

そして――

「わたくしの胸を見て、一瞬だけ可哀想なものを見る目をしたわよね？　……このド腐れ人族のクソガキがぁぁあああ！　弾け飛べぇぇえええ！」

「うへぇぇえええ⁉」

少女の手から直撃したら即死必須であろう攻撃魔法が放たれた――

「おい！　俺が天才じゃなきゃ死んでいたぞ、暴力女！」

俺は超絶美少女からの攻撃魔法をギリギリのところで万能結界——人族で使える者は限られている——を展開し、死ぬことは避けられた。

少女を見ると俺の抗議に対する返答はなく、首を傾げていた。

「おかしいわ。ミンチになるはずだったのに」

「真っ二つじゃなくて⁉」

「そこなの？　……でも変ね。どう見ても人族よね。それなのにどうして『世界の最果て』にいるのかしら……？」

「世界の最果てってなんだ？」

疑問をぶつけると、少女は酷くつまらなそうな顔で呟いた。

「ここは世界の端の端。精霊すら住まわない、魔素が行き届かない死の地よ。……まあ、人族ごときに言っても分からないんでしょうけど」

「分からん！　でも、すげぇ気になるな。世界にはこんな場所があるのか！」

うひょーと叫びを上げながら辺りを観察する。

(灰色・灰色・灰色！　ここは灰色しかねーな！)

そういえば、超絶美少女が精霊とか言っていた。

(いるのか精霊！　架空の種族じゃなかったんだな！　今すぐにでも調査して論文にまとめたいぜ！)

世界は広い。それをまざまざと見せつけられた俺は、心が飛び上がるほどワクワクした。

「あっ、そういえば、お前の名前はなんていうんだ？」

「何故、わたくしが名乗らなければならないの？」

心底嫌だと少女は顔を顰めた。

俺は先ほどの攻撃魔法のことなど忘れて、ニヤニヤとした顔をする。

「おんやぁ？　名乗らないんだったら、暴力女って呼ぶしかねーな」

「はぁ？　ぶち殺すわよ」

「へへん。万能結界さえ張っていればこっちのもんだぜ！」

「粉末にするわよ！」

少女から再び強力な魔力を感じた。

緻密《ちみつ》な魔法展開は、やはり何度見ても素晴らしい。

（世界にはこんな強い奴がいるんだな！　まあ、俺は天才だけど！）

万能結界は、魔法使いの魔力量と属性数に左右される。俺の魔力量は、人族としては桁違い。それに全属性だ。だからこそ、俺は自分の万能結界に絶対の信頼を置いている。

連続して攻撃魔法が万能結界に当たる。

俺は弾かれる魔法を見て得意げに少女を煽《あお》る。すると少女は、むきっーと小鼻を膨らませて怒り始め、更に攻撃魔法を追加する。そしてまた俺は少女を煽り――――の悪循環が続いた。

「はぁ……はぁ……。ひ、人族のくせに、なかなか……やるじゃないのぉ」

「お前、も、な」

魔力の枯渇した俺は灰色の地面に倒れ込んだ。

少女の方も息を乱してはいるが、元々転移魔法の展開で消耗していた俺と違い、まだ余力があるようだった。

だが、少女は攻撃の手を止めた。それが意味するところは分からない。

（くそっ。すげぇ悔しい！）

最初の時点における魔力の消費量など言い訳にしかならない。

自分の最良の状態で実戦を迎えることなどない。不利な状況を、自分の力不足を嘆いたところで待つのは『死』のみ。俺はそれを知っている。

「……おい。いい加減、名前を教えろ」

「名を尋ねる時は、まず自分から名乗るのが道理というものよ」

「俺はポルネリウスだ」

俺が名乗ると数十秒の沈黙の後、少女が小さく唇を震わせた。

「…………ティターニア」

「それじゃあ、ティッタって呼ぶからな！」

「なっ……勝手に……」

ティッタは顔を赤くしながら俺に掴みかかってきた。

それを俺はへらへらとした態度で躱す。

「いいだろ。ティターニアって長《なげ》ぇし。俺のことも適当に呼んでくれよ」

「誰が呼ぶものですか！　お前など人族で十分よ」

「おいおい。そんな呼び方をすれば、道端で大勢が振り向くぜ？」

『そんなことも想像つかないのか。やれやれ』と手を振りながら小馬鹿にすると、ティッタがまた怒りに身を震わせ始めた。

（……あ、コレやばくね？）

しかし、時既に遅し。

ティッタは既に攻撃魔法の構築を終え、俺に放つ。

残りの魔力を全て使った、ティッタの最後の攻撃だ。

「爆発しなさい！」

「いや、今度こそ本気で死ぬぞぉぉおお！　回避だ！　根性出して全力回避ぃぃいいい！」

俺は必死に駆け出す。

偶然近くにあった地面の穴に身を投げ出し、どうにか魔法の回避に成功した。

（死ぬ気になれば案外いけるな。さすが俺……二度目は勘弁願いたいけどな……）

「フッ……俺の勝ちだぜ」

「回復したらすぐに殺すんだから！」

穴から這い出た俺は、ティッタへ勝者の笑みを向ける。

若干引きつっていたのは気のせいだ。

「可愛げのない女だな」

「それで結構よ。人族なんかに――」

――ギシャァァアアアアアアアア

ティッタの言葉を遮るように、近くで獣とは比べ物にならないぐらいに恐ろしい咆哮が上がる。

俺とティッタはすぐに警戒態勢を取った。

地響きが起こり、突風が舞う。

同時に灰色の砂嵐が俺たちの視界を塞いだ。

「なんだこれ……魔力か？」

ビリビリと全身を伝う魔力の奔流《ほんりゅう》。

それは酷く荒々しく、まるで嵐のよう。

――グガァァァァアアアアアアアアアア

どこか苦しそうな二度目の咆哮が響く。

そして砂嵐がおさまり視界が開けると、咆哮の主が現れる。


空に浮かぶそれは、俺などちっぽけに感じるほどの巨体だった。

長い首に鋭い牙、そして青の鱗。人族領でお目にかかることはないだろう戦闘強種である竜族だった。

翼を広げた姿は、平時ならば見惚れてしまうぐらいに幻想的だ。

しかし、大変残念なことに竜は恐慌状態に陥っているようで、荒れ狂っている。

（……出会うなら、もっと別の機会であって欲しかったぜ！）

魔力がない最悪すぎる状況。無駄な魔力を消費するんじゃなかったと後悔する反面、俺は一刻も早くこの場から逃げなくてはと突き動かされる。

「竜族？　いえ、これは魔素竜……しかも、水の子が産まれていたなんて聞いていないわ」

呆然とした様子で竜を見ているティッタ。色々と気になることはあるが、今はそれどころじゃない。

逃げるぞと声をかけようとすると、ティッタに大きな影が迫る。

それが竜のブレス攻撃だと気付いた時には、俺の身体は既に動いていた。

「ティッタァァアアア！」

「なっ」

全力の力を持ってティッタを突き飛ばす。

羽のように軽いティッタの身体は容易く吹き飛んだ。

これでも竜のブレスからは逃れられないかもしれない。だが、直撃よりは生存確率は僅かでも上がるだろう。

（どうにか逃げてくれ！）

竜のブレスが間近に見える。

それなのに俺の頭の中に浮かぶのは、弱く小さく無知だったあの頃の俺だ。

（……全部まるごと守り切れるぐらい強くなりたかったな）

自嘲的な笑みを浮かべながら、俺は時に身をゆだねた。

「まったく……よりにもよって、こんな場所にいたのですか。お説教は決定ですよ、アイル」

場違いな落ち着いた男の声がした。

声の方向へと振り向くと、そこには一匹の獣がいた。

白銀の艶のある体毛に見たことのない金色の瞳。馬とは違うしなやかで優美な肢体と額に生えた立派な一本角。昔、母さんに読んでもらった神話に出てくる神の御使い——神獣にそっくりだ。

(なんだ……何が起こっている⁉)

混乱する俺の意など解さず、神獣は魔法を展開する。

闇魔法で創り出した鎖が解き放たれ、竜の身体に巻き付いた。

そして暴れる竜を押さえつける。

竜は徐々にその力を失っていき、最終的には俺でも抱えられそうなぐらいの子竜となってしまった。

「タナカ」

「おや、ティターニアではありませんか。何故こんなところにいるのです。妖精女王の役目はどうしました？　またエルフたちの調整役が面倒になって遊びに出たのですか？　それにその格好はなんです。人化などして……」

「どうしてアンタはいつも口うるさいの！」

神獣はタナカというらしい。

ティッタはどうやらタナカと知己《ちき》のようで、口喧嘩をしていた。

「なあ。妖精って……？　ティッタは人族じゃないのか？」

俺がそう呟くと、タナカは目を細めた。

「彼女は人族ではありません。妖精族ですよ。加護持ちの少年」

「妖精に……加護持ち……？」

次から次へと分からないことが増えていく。俺の頭は破裂しそうだ。

「タナカ！」

咎めるようなティッタの怒声が響く。

しかし、タナカはそれに動揺することもない。

「説明しなさい、ティターニア。何故、人化を？」

「……可愛い人族の服が手に入ったから着てみたくて。それに少しひとりになりたくてここに来ていたのよ」

「ティターニア。他種族は相容れません」

「この人族は、わたくしに関係ないもの！」

見極めるようにティッタを見つめるタナカだったが、やがて溜息を吐くと子竜を自分の背中に乗せた。

「その言葉、ゆめゆめ忘れないでくださいね。妹のように思っている貴女が、後悔する姿は見たくありません」

「だから違うと言っているでしょう！　このお節介の駄馬！」

「だっ……私は馬ではありません！」

「駄馬で十分よ！　だいたい、水の子が産まれたなんて聞いていないわ。水属性の魔素も世界の中で安定していないじゃない！　駄馬駄馬駄馬駄馬駄馬！」

「ティターニア。さすがの私も本気で怒りますよ……」

熱くなるティッタとタナカを尻目に、俺は子竜へと近づく。

そしてツンツンと突っついてみた。

「おい。お前のせいでふたりが怒っているんだが」

「……オレ、のせいじゃねぇ」

寝ていたと思っていた子竜がぱちくりと目を開く。

「おや、目覚めましたか。アイル、私に何か言うことは？」

「オレのしゅぎょうを、じゃまするんじゃねぇ！」

「生意気ね」

ゴッツンとティッタが子竜――アイルへ鉄拳を振り落とす。

子竜は翼で頭を押さえながら、ティッタを睨みつける。

「なにすんだ、このババア！」

「うふ……うふふふ……死にたいようね？」

「止めなさい、ティターニア。アイル……説教を楽しみにしていなさい」

「ひぃっ」

ティッタ以上に恐ろしいことを、タナカがしそうなのは気のせいだろうか？

「成竜になるまでは浮遊島で保護しようと思っていたのですが、勝手に飛び出していって……魔素を取り込まなくては死んでしまう魔素竜が、魔素のない世界の最果てへ行くなんて無謀もいいところでしょう。将来が心配です」

「いちどのしっぱいじゃ、めげねぇ。オレはつよくなる！」

「しかも脳筋の片鱗が見えるなど、不安で仕方がない……」

タナカは額に手を当てて、深い溜息を吐いた。

「ちゃんと見張っていてよね、タナカ。おかげで危ないところだったわ」

「そうでしたね。……加護持ちの少年。ティターニアを守ろうとしてくださり、ありがとうございます」

タナカは俺へ向き直ると、頭を下げた。

「いいところは全部アンタに持っていかれたけどな。俺の名はポルネリウス。よろしく！」

俺が名乗ると、タナカは苦笑しつつも優しい眼差しを向けてきた。

「……知っています。私の名はタナカ。神獣です。おそらく、貴方にとっては長く……私にとっては短い付き合いになるでしょう。よろしく頼みます。……ティターニア。貴女も礼を言いなさい」

「……助けてくれて……あり、がとう」

渋々といった感じで、ティッタがボソボソと俺に礼を言った。

その姿がいじらしく、俺の心が熱くなる。

「ティッタ。やっぱり、俺はお前が好きだ！」

「なっ……わたくしは人族ではなく妖精で……」

「そんなこと関係ねーよ。ティッタはティッタだろ?」

「……救いようのない本物馬鹿ね。ポルネリウス」

聞き間違いじゃないよな。今、ティッタが俺の名前を……。

「もう一回！　もう一回言ってくれ！　さあ！」

俺が迫ると、ティッタは顔を赤くさせながら叫ぶ。

「やっぱり死に散らせぇぇぇええええ！」

「うへぇぇぇえええ!?」

ティッタは少しだけ回復した魔力を練り上げて、俺へ攻撃してきた。

俺は逃れるために駆け出す。

「はぁ……元気ですね。ポルネリウス、そしてティッタ！　ここにいては危険ですから、とりあえずは移動しましょう。いいですね」

そう言うとタナカは、俺とは段違いに細やかな調整の行き届いた転移魔法を展開した。

辺りを既視感のある濃密で温かな白銀の光が広がる。

(ああ、この光は……あの時と同じ……)

目を瞑《つぶ》り、多くを語らない神の御使いへと心の中で感謝を送る。

——幼い俺を救ってくれて、ありがとう。

番外編　子育て奮闘記！

数日ぶりに私、タナカがポルネリウスの家を訪れると、ティッタと一緒に彼が人族の幼児に着せ替えをして、はしゃいでいるところに遭遇してしまった。

「いやんっ。カナデちゃん、すっごく可愛い！　こっち向いて！」

「さすが儂の孫じゃ！　カナデ、こっちじゃ。じーじのところへ来るのじゃぞぉ」

人族の幼児——カナデはげんなりとした顔で、レースがふんだんにあしらわれたピンクのドレスを見下ろした。しかし、馬鹿ふたりはその様子に気がつかないようだ。

「ちょっとポルネリウス！　カナデちゃんはわたくしのところへ来るのよ」

「いや、儂じゃ！　のう、ティッタよ。そっちの服もよいのではないか？」

「そうね！」

今度はティッタがグルーミーラビットを模した着ぐるみを取り出し鼻息荒くカナデに迫っている。

まだ上手に歩行できないカナデは、這いずるように後ろへ後退する。

「……だぅ……」

（……なんだこの混沌とした光景は）

カナデは一年ほど前に突然ポルネリウスが孫にすると宣言した、出自不明の子どもである。

彼女は私がこの世で一番嫌いな奴と同じ色の黒色を持つため、警戒対象でもあった。

（何やら怪しげな呪いがかけられているようだし、奴がこの子どもに関わっている確率は高い。加護持ちがふたり存在している今、この異様な子どもがなんなのか検討もつかないな）

黒髪の奴に関わって碌なことになったことがないため、ポルネリウスの近くにこの異様な幼児がいるというのは、私には歓迎できないことだった。

「……いい歳をした大人が何をやっているのですか」

私が声をかけると、ティッタが眉をつり上げた。

「失礼ね、タナカ。わたくしは永遠の美少女よ！」

歳を考えなさい、歳を！　ティッタは私と一万歳しか変わらないでしょう⁉

「だぁ！　あうあ！」

隙を見て、グルーミーラビットの着ぐるみを着た幼児が、よちよちと私の方へと歩いてきた。

そして人化している私の足元に縋るように身体を絡める。

「カナデちゃん⁉」

「何故じゃ！　じーじよりも、そやつは爺じゃぞ⁉」

「馬鹿なことを言っていないで、散らばった服を片付けなさい」

渋々片付けを始めるティッタとポルネリウスに嘆息しつつ、私は子どもへと目を向けた。

「あぁ～、だぅあ～」

子どもは床へ頭を擦りつけ、何かに悶えるような奇行をとっている。

（……何をしているんだ、これは）

最近気づいたのだが、この子どもはおかしい。

赤子の頃は最低限しか泣かなかったし、ハイハイから掴まり立ちまで最短だった。

(まあ、これは人族の育児本を読んで知ったことだが)

更に子どもがこちらの話していることを理解しているのではないかと思うことが希にある。しかし、だからといって賢い訳でもなく、幼児らしい失敗をすることもあった。

そして今のような幼児とは思えない奇行もする。

(こちらの言葉を理解しているのか、この子どもが変わっているだけなのか、それとも人族の子どもは皆こうなのか。……神獣の私には分からないな)

なんにせよ、警戒しなくてはいけないだろう。

私は重心が定まらず転びそうになっている子どもを支えつつ、再度決意する。

「それにしても、カナデちゃんはタナカに懐いているわね」

「こんな爺のどこがよいのやら」

「……ポルネリウスだけには爺と呼ばれたくありません」

そう言いつつ、私はポルネリウスをじっと見つめた。

(……もう、大丈夫か)

この子どもが来る前のポルネリウスは、とても不安定な精神状態だった。

いつ死んでもおかしくないと思っていたが、どうやら大丈夫そうだ。子どもの存在が精神の安定を促しているのだろう。

「そろそろ、子どもにご飯を与える時間です」

私はそう言って亜空間から保存しておいた人族用の離乳食を取り出した。

常に亜空間には、この子どもが好む離乳食をいくつか入れている。勘違いしないでほしいが、子どものためではなく、妙な気を起こさせないためだ。

「あう！　あ～う！」

果実をすり潰して作った離乳食を与えると、子どもはご機嫌になった。

子どもは甘いものが好きらしいというのは、割と早くに分かったことだ。だからといって、そればかりは与えていられない。栄養が偏れば今後の成長に関わる。

「……タナカって、母親みたいよね」

「確かにのう。こやつ、爺なのじゃが」

「母親とは……貴方たちは馬鹿ですか？　私はただ、この子どもを監視している。それだけです」

「うーうー」

食事を終えた子どもの口元を拭いながら、私はティッタとポルネリウスに苦言を述べる。

「馬鹿はどっちだ」

何故か呆れたようにこちらを見るふたりに気分を悪くさせながらも、私は片付けを始めた。

（……昼寝の準備もしていた方がいいか）

子どもと遊び始めるティッタとポルネリウスを見ながら考えていると、ティッタが甘えた言葉で子どもに話しかけ始めた。

「カナデちゃぁ～ん。ねーねってお話ししてみて？　ほら、ねーねよ」

「何をいっておる、ティッタ！　カナデが初めに話す言葉は、じーじに決まっておるだろう⁉　それにねーねという歳でもあるまい」

「ああん？　それはどういう意味かしらポルネリウス」

「愛しているという意味じゃ、ティッタ」

「うふふっ」

完全にふたりの世界に入ったのを見て、私は盛大に呆れた。

（……なんだ、この茶番は）

傍から見れば、年端《としは》もいかない少女と老人である。

しかし、中身は妖精と人族。

故《ゆえ》にお互いに好き合っていることは丸わかりのふたりではあるが、どちらかが『愛している』と言った際には、もう片方は決して『自分も愛している』とは言わない。

（……真に他種族が結ばれることはない。ふたりはそれを苦しいほどに理解してしまっている）

どれほど愛していようと、ポルネリウスは精神が耐え切れずティッタを置いて行く。そしてティッタはポルネリウスとの愛の証を身に宿すことはできない。

種族が違うというのは、簡単に乗り越えられる問題ではないのだ。

「あーうーあー。あーうーあー。……うんがぁぁあああ！」

いつの間にか私の傍に来ていた子どもが、何度か意味の分からない唸り声を羅列した後、叫びだした。

今度は頭を掻き毟る奇行ぶりである。

「へぇぶぅっ」

激しい動きのせいか、まだ重心の安定しない子どもはコテンと床に倒れた。しかも、顔面からだ。

「まったく……貴女は何をしているのですか」

助け起こすと、子どもは痛みで涙目になっていた。

血は出ていないが、鼻や額を赤く擦りむいている。仕方なく治癒魔法をかけようとすると、涙目から一変して子どもが何かいいことを思いついたかのようにパァーっと笑顔になった。

「にーに！　にーに！」

それが自分のことだと気付いたのは、子どもが放心状態の私を揺さ振りながら何度も『にーに！』と呼んだからだ。

「それは……その、私のことでしょうか？」

「あう！　にーに！」

大きく頷き、屈託のない笑顔を見せる子どもに、私は不覚にもときめいてしまった。

（…………なんと、可愛らしいのでしょうか）

思わず顔を赤くして逸らすと、子どもはガラス玉のように澄んだ黒曜石の瞳で私を見上げ、手を握ってきた。

（ああ、もう！　可愛らしい！）

子どもの手は小さく、とても頼りない。私はなんと馬鹿だったのか。

このように非力な子どもに何を警戒する必要がある。むしろ、あのクソ野郎が絡んでいるのならば、この子どもを――カナデを私が守らなくてはいけないだろう。

兄として。

そう、兄として！

「……ねぇ、ポルネリウス。タナカがものすごくニヤニヤしているわ」

「気持ちが悪いのう」

「ふっ。なんとでもいいなさい。カナデの初めては『にーに』がもらったのですから」

私が勝ち誇った目でふたりを見る。

「なんじゃと!? カナデは嫁にやらんぞ！」

「そうよ！ カナデちゃんの相手には、王子様がぴったりだわ！」

「王子になど……私の目があるうちは、どこにもカナデをやりませんからね。決して……」

「あうあー」

私はカナデを抱き上げると、お昼寝させるために馬鹿たちから引き離した。

「では、にーにが寝かしつけてあげましょう」

「ずるいわ、タナカ！」

「儂の孫じゃぞ！」

歪《いびつ》な私たちはいつの間にか、カナデを中心に家族のような関係になっていった。

いつまでも続けば良いのにと思うが、それは儚く脆い夢だと幾重の別れを経験した私は知っている。

こうして私の幸いな時は流れていくのだった――

番外編　お菓子に塗れた野望

大人になると味覚が変わることがあるらしいが、転生しても味覚というものは変わるらしい。

「モンブラン……それは幸せの白い山……三時のおやつ最高！」

私は目の前にあるモンブランにフォークを差し入れると、美しい断面を切り開く。クリームを口に運べば、ねっとりとした濃厚な旨味が口いっぱいに広がる。

「マロングラッセは最後に食べようかな」

私はショートケーキのイチゴは口の中が甘くなったら食べる派だが、モンブランの栗は最後に食べる派なのだ。

ゆっくりと味わい、至福の時を満喫していたが、ついに私はモンブランを食べ終えてしまう。

「あー、食べ終わっちゃった。まさか、私がこんなに甘いものが好きになるとはね」

前世の私は、甘いものがそれほど好きではなかった。嫌いでもないが、ケーキを食べるよりもポテトチップスを食べる方が好きな子だったのだ。

それがなんの因果か、転生してからは甘いお菓子が大好きな子どもへと変わってしまった。

（でも、食べても食べても……満たされないんだよね）

甘いものを食べるのは幸せだ。

だけど、心が完全に満たされることはなかった。むしろ、何かを求めているような気がする。

「うーん。モンブラン一個じゃ、私は満足できない身体になってしまったということか。悩ましいのう」

「カナデ、ソファーの上に仁王立ちで立つなんてはしたないですよ」

「あ、タナカさん！」

振り向けば、白銀の髪をなびかせた麗人がいた。

お爺ちゃんの友人のタナカさんだ。

「……また、ポルネリウスはカナデにケーキを食べさせて……」

「魔法修行を頑張ったご褒美だって言っていたよ？」

「だからといって、四歳児に毎日お菓子を与えるのはいけません。栄養が偏ってしまいます！」

「ええー、おいしいのに……」

私は潤んだ瞳でタナカさんを見上げるが、彼はお爺ちゃんと違って簡単に騙されてはくれない。

濡れタオルで私の口元を拭くと、ケーキ皿を片付け始めた。

「ポルネリウスには私から言っておきます。まったく、カナデの金銭感覚がおかしくなったらどうするんですか……」

「もしかして……明日からお菓子はなし!?」

「減らします」

「タナカさん、駄菓子でいいから食べさせてよぉ！」

縋る私を見て、タナカさんは不思議そうに首を傾げた。

「だがし……とは？」

「え⁉」

駄菓子……それは安価なものなら五円から買える、子どもの強い味方。大人になっても時々無性に食べたくなってしまう、脅威の中毒性を持っている。その駄菓子を知らないだと？　まさか、そんなことが現実にあり得るのだろうか……？

「も、もしかして……駄菓子って存在しないの……？」

「私は知りませんが？」

「タナカさん！」

私はタナカさんを逃がさないようにガッチリと抱きついた。

「そ、その……お菓子って、高級品だったりするの……？」

「先ほどのモンブラン一個で、平民家族の一か月分の生活費ぐらいにはなるでしょうね」

「高すぎだよ⁉　お爺ちゃんったら、なんでそんなものを毎日私に食べさせてくれるのさ！」

どうやら、私が思っている以上にお爺ちゃんは孫馬鹿だったらしい。

（お爺ちゃん平民なのにそんな高級品たくさん買って大丈夫なのかな？　まあ、私も今更お菓子なしの質素な生活は無理だけど……）

「何を今更言っているんですか。カナデが大好きなアイスキャンディーなんて、貴族でも買えない人の方が多いはずですよ」

「それっていくら……ううん！　聞かないことにする！」

お菓子が高級品だったなんて知らなかった。

考えてみれば、この世界のお菓子の材料がなんなのか私は知らない。

魔物の肉を食べる文化があるぐらいだから、前世よりも材料の調達が難しいと思う。大量生産する工場もないだろうから、お手軽な駄菓子を作ることなんて夢のまた夢なのだろう。

「どうしてお菓子ってそんなに高いの？」

「人族は私たちと違って、空を飛べる者も少ないですし、魔法が使える者も一握りしかいません。それに国同士がいがみ合ったりして、物流が発展していないのですよ。だから、傷みやすい乳製品やすぐに溶けてしまう氷を使うお菓子は高価になってしまうのです」

「ええー!?　無駄な争いをする暇があるなら、物流を発展させようよ。地産地消よりも産地直送！　地元の味を外に広げないと！」

私がそう言うと、タナカさんは目を細め悲しそうに遠くを見つめた。

「カナデが考える以上に人族は複雑で愚かなんですよ。……だから何度も滅びの危機を迎えるのです」

「ねえ、タナカさん。もしかして、一生お菓子を食べないで死ぬことも珍しくないの？」

「そうですね。貧しい国に住んでいるのなら尚更」

「そんなの悲しすぎるよ！」

お菓子を食べると幸せな気持ちになる。それを知らずに死んでしまうなんて、不幸にもほどがある。

（私は貪欲だからね。お菓子を死ぬほどたくさん食べたいし、新しいお菓子だって発掘していきたいよ）

日本という豊かな国で暮らしてきた記憶がある。ここが異世界だからといって、生活に妥協はしたくない。

（私が転生したのには意味があるんだよ。争いなんてどうでもいい。お菓子で世界をいっぱいにすることこそが私の使命……たぶん！）

勝手に私はそう決めると、四歳児にしては欲望に塗れた将来の夢を口にする。

「決めたよ、タナカさん！　私、征服者になる！　そしてね、子どもも大人も老人も異種族も……みーんなが気軽にお菓子を食べることができる世界を創るの！」

「おや、カナデは意外と野心家なんですね」

タナカさんは微笑ましそうに私の頭を撫でた。

「ほ、本気だよ！」

「はいはい」

完全に子どもの戯《ざ》れ言《ごと》だと思われている。

（絶対にお菓子で世界を征服してみせるんだから！）

だが、この夢は簡単に言っていいものではないだろう。権力者に知られたら、私ごと消されてしまうかもしれない。

（ふっ、今は子どもだから大人しくしているけどね。いつか絶対野望を叶えてやるんだから！　そうだね……名無しの征服者とでも名乗ろうかな！）

格好いいかもとひとり頷いていると、タナカさんが私の口の中にキャンディーを一つ放り込んだ。

「……まあ、お菓子に征服された世界。そう悪くはないかもしれないですね」

「そうでしょう？　大きくなって力をつけたら、行動を開始するよ！」

やりたいことが次々と浮かんでくる。一度命を失ったからか、今の私は生きることが楽しくて仕方がない。夢に向かって手を伸ばし、この世界にカナデという人の生を刻むのだ。

私は幸せに顔を綻《ほころ》ばせながら、タナカさんと理想の世界を語り明かした――

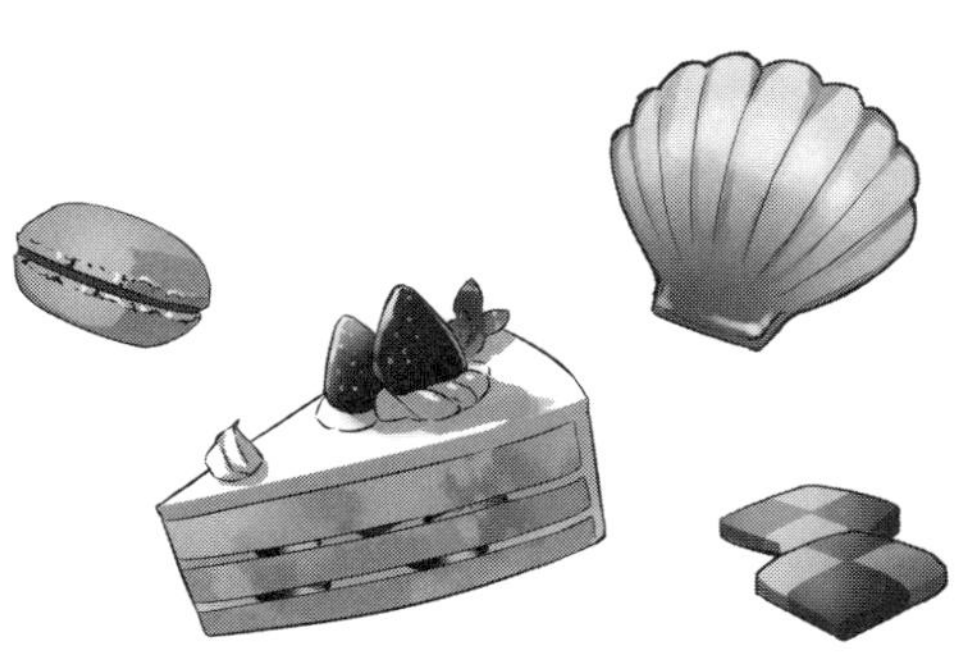

アリアンローズ既刊好評発売中!!

コミカライズ作品

- **悪役令嬢後宮物語 ①～⑥** 著／涼風　イラスト／鈴ノ助
- **誰かこの状況を説明してください！ ①～⑧** 著／徒然花　イラスト／萩原 凛
- **魔導師は平凡を望む ①～⑳** 著／広瀬 煉　イラスト／⑪
- **ヤンデレ系乙女ゲーの世界に転生してしまったようです 全4巻** 著／花木もみじ　イラスト／シキユリ
- **転生王女は今日も旗を叩き折る ①～③** 著／ビス　イラスト／雪子
- **ドロップ!! ～香りの令嬢物語～ ①～⑤** 著／紫水ゆきこ　イラスト／村上ゆいち
- **復讐を誓った白猫は竜王の膝の上で惰眠をむさぼる ①～④** 著／クレハ　イラスト／ヤミーゴ
- **隅でいいです。構わないでくださいよ。 全4巻** 著／まこ　イラスト／蔦森えん

最新刊行作品

- **悪役令嬢の取り巻きやめようと思います ①～③** 著／星窓ぽんきち　イラスト／加藤絵理子
- **乙女ゲーム六周目、オートモードが切れました。 ①～②** 著／空谷玲奈　イラスト／双葉はづき
- **この手の中を、守りたい ①～②** 著／カヤ　イラスト／Shabon
- **起きたら20年後なんですけど！ ～悪役令嬢のその後のその後～ ①～②** 著／遠野九重　イラスト／珠梨やすゆき
- **らすぼす魔女は堅物従者と戯れる ①** 著／緑名 紺　イラスト／鈴ノ助
- **平和的ダンジョン生活。** 著／広瀬 煉　イラスト／⑪
- **かつて聖女と呼ばれた魔女は、** 著／紫水ゆきこ　イラスト／縹 ヨツバ
- **転生しまして、現在は侍女でございます。 ①** 著／玉響なつめ　イラスト／仁藤あかね
- **はらぺこさんの異世界レシピ** 著／深木　イラスト／mepo
- **自称平凡な魔法使いのおしごと事情** 著／橘 千秋　イラスト／えいひ

直近完結作品

- **目覚めたら悪役令嬢でした!? ～平凡だけど見せてやります大人力～ 全2巻** 著／じゅり　イラスト／hi8mugi
- **侯爵令嬢は手駒を演じる 全4巻** 著／橘 千秋　イラスト／蒼崎 律
- **お前みたいなヒロインがいてたまるか！ 全4巻** 著／白猫　イラスト／gamu
- **非凡・平凡・シャボン！ 全3巻** 著／若桜なお　イラスト／ICA
- **婚約破棄の次は偽装婚約。さて、その次は……。 全3巻** 著／瑞本千紗　イラスト／阿久田ミチ
- **転生不幸 ～異世界孤児は成り上がる～ 全4巻** 著／日生　イラスト／封宝
- **悪役転生だけどどうしてこうなった。 全3巻** 著／関村イムヤ　イラスト／山下ナナオ
- **異世界で観光大使はじめました。 ～転生先は主人公の叔母です～ 全2巻** 著／奏白いずも　イラスト／mori

自称平凡な魔法使いのおしごと事情

＊本作は「小説家になろう」（https://syosetu.com/）に掲載されていた作品を、大幅に加筆修正したものとなります。
＊この作品はフィクションです。実在の人物・団体・事件・地名・名称等とは一切関係ありません。

2018年5月20日　第一刷発行
2018年5月30日　第二刷発行

著者 …………………………………………… 橘 千秋

イラスト ………………………………………………… えいひ
発行者 ……………………………………………… 辻 政英
発行所 ……………………………… 株式会社フロンティアワークス
〒170-0013　東京都豊島区東池袋 3-22-17
東池袋セントラルプレイス 5F
営業　TEL 03-5957-1030　FAX 03-5957-1533
アリアンローズ編集部公式サイト　http://arianrose.jp
編集 ……………………………………………………… 渡辺悠人
フォーマットデザイン ………………………… ウエダデザイン室
装丁デザイン ………………………… 鈴木 勉（BELL'S GRAPHICS）
印刷所 ………………………………… シナノ書籍印刷株式会社